시조는 역사를 말한다

한국문화총서 ⑤

시조는 역사를 말한다

— 신웅순

언롱 선생, 우탁 절창 단장가, 이조년 절의의 은사, 성여완 저제의 스승, 희영

설리학의 대학자, 이색 백곡공신의 귀화인, 이지란 만고의 충신, 정몽주 지절한 절언, 이존오

정의의 은사, 서견 만대의 스승, 원천석 당대의 경세가, 정도전 전제 개혁의 주역, 조준

충절의 사표, 길재 청백리 명재상, 맹사성 두 조정의 이들, 이직 장원의 명기, 홍장

절개된 인걸, 하위지 만대의 정승, 황희 명멸보신의 선비, 최담지 백두산 호랑이, 김종서

충절의 무사, 유응부 뛰어난 문장가, 박팽년 선비의 사표, 이색 만고의 충신, 남이

지절한 선비, 유응원 애틋한 연주지정, 왕방연 연주지정 애련이, 원호 영원한 무장, 남이

비운의 풍월정, 월산대군 호학의 군주, 성종 영롱한 명기, 소춘풍

푸른사상
PRUNSASANG

역사의 진실을 말하다

역사를 진실하게 조명한다는 것은 쉬운 일이 아니다. 어느 것이 사실이고 어느 것이 진실인가는 오랜 세월이 흐른 후에야 후세 사람들에 의해 저절로 증명이 된다.

정사와 야사, 사기와 유사가 역사의 전부라고 말할 수는 없다. 여기에 숨겨진 또 하나의 진실을 증언하는 역사가 있다. 바로 우리 민족의 시가, 시조이다.

우리 민족만의 호흡으로 어언 천여 년을 우리 민족과 함께 생사를 같이 해온 시조.

시조는 우리 민족 부침의 역사를 두 눈으로 똑똑히 증언하고 있다. 선인들은 그것을 직설적으로 때로는 에둘러 말해왔다. 죽음에 맞서왔고 현실을 고발하기도 했다. 이것이 시조였다.

필자는 젊은이들에게 어떻게 하면 우리 역사를 있는 그대로 전해줄 수 있을까를 생각해왔다. 우리 민족 정신을 진실하게 전해줄 수 있는 것이 무엇인가를 고민해온 것이다.

그래서 미친 것이 시조였다. 시조야말로 우리 역사를 새롭게 조명할 수 있는 가장 적합한 그릇이 아닌가 생각해본다. 시조는 역사이다. 역사의 아이러니이고 역설이고 진실이다. 시조처럼 민족 정신을 예술적 감각으로 담아낸 문학은 일찌기 없었다. 짧은 시형으로 우리 민족의 명암을 건져올린 예술은 어디에도 찾아보기 힘들다.

본서는 고려 말에서 이조 성종대까지의 시조를 다루었다. 고려의 멸망, 조선 건국, 한글 창제, 단종애사, 경국대전 완성 등 격동기에서 안정기에 이르기까지의 시기를 일차적으로 조명했다.

이 책은 국민 교양서로 집필되었다. 다소 무거워 보일 수 있는 역사를 편안하게 읽을 수 있도록 만드는 데 노력했다. 또한 초등학교에서부터 중·고등학교, 성인에 이르기까지 두루 읽을 수 있도록 했다. 시조 문학도 공부하고 역사도 공부하고 현장 체험도 함께 할 수 있도록 꾸몄다.

필자는 역사 문학을 찾아 떠나기 시작한 지 15년이나 되었다. 본서는 체험을 바탕으로 쓰여진 작품들이다. 『대전일보』에 인기리에 연재되었던 것들로 일부를 수정, 보충하여 만들었다.

충은 무엇이고 의는 무엇인가. 효는 무엇이고 자연은 무엇이며 사랑은 또 무엇인가. 이 시대에 우리가 실천해야할 덕목들이 선인들의 시조 작품 속에 고스란히 녹아있다. 선인들의 삶도 지금 살고 있는 우리의 삶과 하등 다를 게 없다. 빛을 남긴 그들에게 우리가 배워야할 이 시대의 정신은 무엇인가. 이 책을 통해 진지하게 생각해 보았으면 좋겠다.

본서는 문학서이며 역사서이며 체험서이기도 하다. 나는 어디서 왔다 어디로 가고 있는지, 우리의 뿌리를 생각할 수 있는 시간이 되었으면 좋겠다. 또한 어린이, 어른 할 것 없이 많은 사람들이 읽어 부모와 아들, 딸들이 이 책을 계기로 함께 역사 기행을 떠났으면 좋겠다.

이 책이 나오기까지 역사와 시조를 사랑해주신 푸른사상 한봉숙 사장님께 심심한 감사의 뜻을 표한다. 언제나 나의 멘토가 되어주는 말 없는 아내와 두 딸들에게도 고마움의 뜻을 전한다. 역사기행에 동행해주었던 팀에게도 감사의 말을 전한다.

임진년 삼일절에
석야 초옥에서 신 웅 순

2장 제2기 시조(태조 1392~성종 1494)

1장

제1기 여말 시조

여말은 왕권의 자주성 상실, 사회 기강의 문란, 불교 폐해, 홍건적 침입과 왜구의 빈번한 노략질 등 정치·경제·사회·문화적으로 매우 혼탁했던 시기이다. 이 때 기존 권문 세족들의 횡포에 도전하게 되는 신진 사대부와 신흥 무인 세력들이 등장하게 된다.

신진 사대부들은 도덕과 명분을 중시했으며 성리학이라는 새로운 유학의 이념으로 무장, 개혁을 수립하고자 했다. 그들에겐 무력이 없었기 때문에 정치적 이상을 실현하기 위해서는 신흥 무인 세력과의 연대가 필요했다.

이들은 새로운 개혁을 주도하면서 고려 왕국을 지키려는 정몽주의 온건파 사대부와 왕권 교체에 동조하려는 정도전의 혁명파 사대부로 나뉘어지게 된다. 결국 혁명파 사대부들이 이성계의 신흥 무인 세력과 연대, 새로운 조선을 건국하게 된다.

신흥 사대부들은 성리학자로서 당대의 지성인이었고 성리학이라는 새로운 학문으로 이론적 무장을 하고 있었다. 시조는 주로 이들에 의해 형성되었다. 고려 말 왕실의 무능, 사회 기강의 문란, 불교의 적폐라는 구시대적인 상황과 신흥 사대부들의 새로운 개혁을 주도하고자했던 신시대적 상황과 맞물리는 과정 속에서 지금의 시조가 탄생했다.

형성기 시조는 주로 신흥 사대부들에 의해 작가군을 이루고 있다. 이들은 성리학으로 무장은 하고 있었으나 실생활에 뿌리내리는 데에는 적잖은 시간이 필요했다. 유교적인 이념보다는 여말의 체험적 정서가 주류를 이루고 있으며 특히 애상적이고 회고적인 것이 특징이다.

탄로가, 다정가, 호기가, 회고가, 절의가와 같은 시조들이 있으며 작가로는 우탁, 이조년, 성여완, 최영, 이색, 이지란, 정몽주, 이존오, 서견 등을 들 수 있다.

우탁의 「춘산에 눈 녹인 바람…」

春山에 눈 노긴 ㅂ람 건듯 불고 간 ᄃᆡ 업다
져근듯 비러다가 불리고쟈 마리 우희
귀 밋ᄐᆡ ᄒᆡ 무근 서리를 노겨 볼가 ᄒᆞ노라

– 『악학습영』 45, 『청구영언』(진본) 403

우탁(禹倬, 1263, 원종 4~1343 충혜왕 복위)

고려 후기의 유학자로 본관은 단양, 자는 천장 · 탁보이며 호는 백운 · 단암 · 역동이다. 시호는 문희이다. 성균좨주를 지내다가 치사했다. 역학에 능통하여 '역동 선생'이라 불렸으며 정주학의 시초를 세웠다. 저서로 『상현록』이 있다.

어휘풀이

건듯 : 얼핏
간 ᄃᆡ : 간 곳이
져근듯 : 잠깐동안
마리 우희 : 머리 위에
귀 밋ᄐᆡ ᄒᆡ 무근 : 귀 밑의 흰 머리, 귀 밑에 묵은 백발
노겨 : 녹여

역동 선생, 우탁

춘산에 눈 녹인 바람 건듯 불고 간 데 없다
저근덧 빌어다가 불리고자 머리 위에
귀 밑에 해 묵은 서리를 녹여 볼까 하노라

시가 문학사상 최초의 탄로가이다.

봄산은 눈이 녹기 마련이다. 눈 녹인 봄바람은 잠깐 불고는 간 데가
없다. 그렇게 청춘은 가버렸다. 잠깐이라도 봄바람을 빌려다가 머리
위에 불게하고 싶구나. 귀 밑의 해묵은 백발을 녹여보고 싶구나.

작가가 벼슬에서 물러나 만년에 지은 것으로 보인다. 문득 거울에 비
친 자신의 백발을 바라보며 늙음에 대한 회한을 이렇게 읊었다.

그가 충선왕 즉위년(1308) 감찰규정[1]으로 있을 때였다.

충렬왕이 죽은 후 충선왕은 그의 부친인 충렬왕의 후궁인 숙창 원비
와 정을 통했다. 얼마 후 충선왕은 그녀를 숙비로 봉해 부인으로 맞아
들였다. 고려 풍속으로는 도저히 용납될 수 없는 일이었다.

우탁은 흰옷을 입고 도끼와 거적 자리를 메고 대궐로 들어갔다.

상소를 올렸다. 신하는 상소문을 들고만 있지 감히 읽지를 못했다.

---

1) 고려시대 감찰사에 속한 종6품 벼슬.

참다 못해 우탁은 신하에게 호통을
쳤다.

"임금을 가까이 모시는 신하가 임금
의 그릇된 것을 바로 잡지 못했도다.
임금을 악한 데로 인도하여 이 지경에
이르렀으니 그 죄를 알기나 하느냐."

추상같은 그의 극간에 신하들은 벌
벌 떨었다.

우탁은 벼슬을 버리고 예안현으로
돌아갔다. 충숙왕은 그의 충의로움을
가상히 여겨 여러 차례 불렀으나 응하
지 않았다. 두문분출 정주학을 연구하
여 많은 제자들을 길러냈다. 뒤에 진

우탁 시조비, 탄로가
사인암의 뒤편, 삼성각으로 오르는 계단길에
있다.

현관 직제학[2], 성균관 좨주[3]를 지내고는 만년에 모든 벼슬에서 물러
났다.

그가 1290년(충렬왕 16) 27세 영해 사록[4]으로 부임했을 때의 일이다.

부임지 영해에는 팔령신을 모시는 사당이 있었다. 팔령신은 여덟 방
울신을 일컫는데 이들에게 재물을 바쳐 제사를 지내지 않으면 화를 입
는다는 것이다. 주민들의 피해는 말할 수 없이 컸다.

---

2) 고려시대, 예문관, 보문각, 우문관, 진현관의 정4품 벼슬.
3) 고려 때 국자감의 종3품 벼슬.
4) 고려시대 경·도호부·목에 설치되어 수령을 보좌하던 관원.

사인암
(명승 제47호, 충북 단양군 대강면 사인암리
산 27번지)

우탁이 그냥 넘어갈 리 없었다. 팔령
신 중 일곱 개의 방울을 모조리 부수
어 바다에 쳐 넣었다. 마저 하나를 없
애려고 하자 요괴가 나타나 제발 살려
달라고 빌었다. 눈이 먼 호호백발 할
머니였다. 우탁은 불쌍히 여겨 살려주
었다. 이 신이 지금의 당고개 서낭이
라고 전해지고 있다.

우탁은 주역의 이치에도, 도술에도
능했다. 개구리가 하도 시끄럽게 울어
대자 그러면 멸종을 시키겠노라고 글
을 써서 보냈다. 그러자 개구리들이
동헌으로 몰려와 살려달라고 애원했
다. 호랑이가 사람을 해칠 때도 그렇게 해서 물리쳤다고 한다.

당시 원나라를 통해 새로운 유학인 성리학이 전래되었는데 특히 정
이가 주석한『주역』을 아무도 해득하지 못했다. 역동은 이를 달포 만에
해득해 후학들에게 전해주었다. 성리학의 시초를 세움으로서 동방이
학의 시조가 되었다. 우탁을 역동 선생이라고 부른 것도 중국의 역(易)
이 동(東)으로 이동했다고 해서 생긴 말이다.

『역론』을 비롯한 많은 저술이 있었다 하나 모두 인멸되었고 시 3수,
시조 3수, 서간문 1편, 금석문 일부가 남아 있다. 저서로『상현록』이
있다.

우탁이 사인[5] 벼슬로 있을 때 단양의 사인암에서 산수를 즐기며 선유하곤 했다. 조선 성종 때 단양 군수가 우탁 선생을 기리기 위해 이 바위를 사인암이라 지었다. 추사 김정희는 이곳을 '하늘에서 내린 한 폭 그림 같다'고 했으며, 일찍이 박제가 · 김홍도 등 숱한 문인 · 화가들이 이곳을 다녀갔다.

사인암 뒤편에는 우탁의 시비, 탄로가 「한 손에 막대잡고…」가 세워져 있다.

> 한 손에 막대 잡고 또 한 손에 가시 쥐고
> 늙은 길 가시로 막고 오는 백발 막대로 치렸더니
> 백발이 제 먼저 알고 지름길로 오더라

막대로 가시로, 막고 쳐도 오는 백발을 막을 수 없다. 오히려 백발이 먼저 알고 지름길로 오는 늙음을 극복해보려 했지만 자연의 이치를 어길 수 없다는 것이다. 헛된 노욕도 버린 만년의 달관의 경지를 보여주고 있다.

> 늙지 말려이고 다시 젊어 보렸더니
> 청춘이 날 속이고 백발이 거의로다
> 이따금 꽃밭을 지날 제면 죄 지은 듯하여라

늙지 말고 다시 젊어보려고 했더니 청춘은 나를 배신하고 달아나 버

---

5) 고려 때 문하부의 종4품 벼슬.

렸다. 젊음의 꽃밭을 지나갈 때면 자신의 초라한 늙은 모습이 죄 지은 듯 부끄럽다.

그의 본향인 담양의 단암서원, 안동의 역동서원, 구계서원, 영해의 단산서원, 대구의 낙동서원 등에 향사되었다.

동방 이학의 비조로 시조의 중시조라 할 만한 역동 선생. 81세를 살았던, 역학에 밝았고 도술에 능했던 추상같은 그도 세월 앞에서는 어쩔 수가 없었나 보다. 탄로가 3수를 남겨놓았다.

이조년의 「이화에 월백하고…」

梨花에 月白ᄒ고 銀漢이 三更인 제
一枝 春心을 子規야 알냐마ᄂᆞᆫ
多情도 病인 양ᄒ여 ᄌᆞᆷ 못 드러 ᄒ노라

― 『악학습영』 550, 『청구영언』(진본) 365

◆ 이조년(李兆年, 1269년, 원종 10∼1343년, 충혜왕 복위 4)

고려시대의 문신으로 자는 원로 호는 매운당·백화헌이다. 충렬
왕 20년(1294)에 문과에 급제하였으며, 왕유소 등이 충렬왕 부자를
이간한 사건에 연루되어 귀양을 갔다. 충혜왕 원년에 정당 문학에 승
진, 예문관 대제학이 되어 성산군에 봉해졌다. 시조 1수가 전한다.

◆ 어휘풀이

이화에 월백ᄒ고 : 배꽃에 달이 비쳐 더욱 희게 보이고

은한 : 은하수

삼경 : 한 밤중, 오경의 제 삼, 밤 12시, 초경은 오후 8시 이경은
　　　오후 10시, 사경은 오전2시, 오경은 오전 4시

일지 춘심 : 한 가지에 어린 봄 마음

자규 : 두견이, 접동새, 귀촉도

병인 양ᄒ여 : 병인 듯하여

절창 다정가, 이조년

1306년 충렬왕은 충선왕의 환국을 저지하고 충선왕을 폐하기 위해 원나라에 갔다. 당시 원나라는 왕권 다툼에 여념이 없었다. 충렬왕의 셋째 아들, 충선왕은 왕권을 되찾기 위해 거기에서 나름대로의 세력을 형성하고 있었다. 충선왕이 지지하고 있던 원나라 무종이 차기왕으로 유력시 되자 충선왕을 폐하기 위해 갔던 충렬왕은 외려 충선왕에 의해 왕권을 상실하고 말았다. 1308년 충렬왕이 죽자 충선왕이 다시 왕위에 올랐다.

이조년은 이 때 비서승[6]으로 충렬왕을 따라 원나라에 갔던 인물이다. 그는 어느 편에 서지도 않고 충렬왕을 성실히 보필했다. 그러나 부자간의 왕권 다툼으로 유배길에 올라야했다. 유배 후 13년간 고향에 은거했으나 한 번도 자신의 무죄를 왕께 호소하지 않았다.

충숙왕은 3년간이나 원나라에 억류되어 있었다. 심양왕 왕고가 왕위 찬탈을 음모하자 이조년은 홀로 원나라에 들어가 그 부당함을 원조정에 상소하여 이를 저지시켰다.

충혜왕은 패륜아였다. 부왕의 후비, 수비 권씨와 숙공휘령공주를 잇달아 강간했다. 수비 권씨는 수치심을 이기지 못해 죽었고 숙공휘령공

---

6)　고려 비서성(고려 때 경적과 축문에 관한 일을 맡은 관아)의 종5품 벼슬.

주는 이 사실을 원왕실에 알렸다. 이 사건은 훗날 충혜왕의 폐위에 결정적인 영향을 미쳤다.

충혜왕의 패륜과 학정은 계속되었고 악행을 보고 받은 원나라 순제는 그를 압송하여 게양현으로 유배시켰다.

"그대 왕정은 남의 윗사람으로서 백성들의 고혈을 긁어 먹은 것이 너무 심하였으니 비록 그대의 피를 온 천하의 개에게 먹인다 해도 오히려 부족하다. 그러나 내가 사람 죽이기를 즐겨하지 않기 때문에 게양으로 귀양 보내는 것이니 그대는 나를 원망하지 말라."[7]

1825년 이모된 이조년의 초상화
(출처: 한국학중앙연구원)

그는 귀양 가던 도중 죽었다. 소식을 들은 백성들은 슬퍼하기는커녕 기뻐서 날뛰기까지 했다고 한다.

원나라에서 이조년이 숙위할 때의 일이다. 충혜왕은 하루 하루 방탕한 생활에 시간 가는 줄 몰랐다. 이조년은 왕께 간곡한 경계의 말을 올리자 왕은 담을 넘어 도망쳤다. 이조년은 이렇게 충직한 신하였다. 여러 번 충혜왕의 학정을 간하였으나 받아들여지지 않자 결국 치사(致仕)

---

7) 박영규, 『고려왕조실록』(웅진 지식하우스, 1996), 466쪽.

하고 고향 성주로 돌아갔다.

뜻이 확고하고 할 말은 하는 강직한 성격이었으며 이런 성품 때문에 사람들로부터 많은 미움과 배척을 받기도 했다. 역임한 관직에 많은 명성과 공적이 있었으며 공민왕 때 성산군에 추증되었고 충혜왕의 묘정에 배향되었다.

시조 1수가 『청구영언』에 전한다.

> 이화에 월백하고 은한이 삼경인제
> 일지 춘심을 자규야 알랴마는
> 다정도 병인 양하여 잠 못 들어 하노라

널리 애송되고 있는, 고려 시조 중 최고의 걸작, 다정가이다. 배꽃이 흐드러지게 피어있고 달빛은 하얗게 부서지는데 밤은 깊어 은하수는 기운 삼경이라, 한 가닥 춘심을, 고요를 깨뜨리는 소쩍새는 알기라도 할까. 다정다감한 내 마음도 병인 듯하여 도저히 잠을 이루지 못하겠구나. 흐드러진 배꽃과 부서지는 달빛, 그리고 소쩍소쩍 우는 자규의 울음소리. 시각과 청각이 기막히게 어우러져 애틋한 정서를 자아내고 있다. 절창 중의 절창이다. 지금도 이 시조는 여창 가곡의 계면 중거로 불리워지고 있는 아름다운 곡이다.

시조는 충혜왕에 대한 이조년의 지극한 충성심의 발로에서 나온 것으로 벼슬을 그만두고 이 시조를 지었다고 한다. 우수에 빠져 있는 매운당 자신은 청초 결백한 배꽃의 모습에, '은한이 삼경'은 왕을 둘러싼 간신배들이 날뛰는 궁궐에 비유했으며, 일지춘심은 고향에서 충혜왕

에 대한 충성심을, 자규는 바로 왕을 비유했다.[8]

정치와 사회가 문란했던 당시 고향으로 물러나 나라를 생각했을 만년의 심경을 읊은 것이리라. 정치를 떠나 은거한 그였기에 생각도 많고 회한도 많았으리라. 일지춘심을 그 누가 알까. 소쩍새라도 알기나 할까.

그는 성주에 낙향하여 백화헌(百花軒)을 짓고 당호를 따 호를 백화헌이라 했다. 한시 「차백화헌(次百花軒)」이 『동문선』에 전한다.

> 이 것 저것 꽃 심을 게 뭐 있나,
> 백화헌에 백화만 피워야 맛인가.
> 눈 내리면 매화꽃, 서리치면 국화꽃,
> 울긋불긋 여느 꽃 다 부질없느니.

온갖 꽃보다 눈 속의 매화요 서리 속의 국화면 되지, 울긋불긋 꽃이면 무엇하느냐. 선비의 꼿꼿한 기개가 그대로 드러나 있다.

고려가 급속도로 원나라 속국으로 전락하고 있었던 당시 충렬·충선·충숙·충혜왕 4대에 걸쳐 왕을 보필했던 직간신의 이조년은 한평생을 착잡하고도 회한에 찬 삶을 살았을 것이다. 어쩌면 다가올 고려의 운명을 직감하고 있었는지도 모를 일이다. 200여 년 뒤 이황은 '도학의 근본은 충절'이라며 그를 높이 평가했다.

---

8) 류연석, 『시조와 가사의 해석』(역락, 2006), 26쪽.

정당문학[9], 예문관[10], 대제학[11]을 지낸 뛰어난 대학자였음에도 다정가와 한시 1수로 그의 시재를 전부 헤아릴 수 없음이 아쉽기만 하다.

성여완의 「일 심어 느즛 피니…」

일 심거 느지 퓌니 君子의 德이로다
風霜에 아니 지니 烈士의 節이로다
世上에 陶淵明 업스니 뉘라 너를 닐니오

— 『악학습영』583, 『시가(박씨본)』386

성여완(成汝完, 1309, 충선왕1~1397, 태조 6년)
　고려 말의 문신으로 호는 이헌이다. 벼슬은 공민왕 때 민부상서
에 이르렀다. 이방원에 의해 정몽주가 살해당하자 고려의 국운이
다했음을 알고 포천 왕방산에 들어가 여생을 마쳤다. 시조 1수가 전
하고 있다.

◆ 어휘풀이
일 심거 : 일찍 심어서
느지 : 늦게
아니 지니 : 떨어지지 않으니
도연명 : 동진의 시인 도잠
닐니오 : 이르리오.

절의의 은사, 성여완

　성여완은 고려 말의 문신으로 호는 이헌이다. 1336년 문과에 급제, 벼슬은 공민왕 때 민부[12]상서에 이르렀다. 신돈이 처형당하자 그 일파로 지목되어 유배당했다. 1378년(우왕 4)에 정당문학상의로 다시 발탁되었다. 1389년 창왕을 폐하고 공양왕을 옹립하는 데 아들 성석린이 참여, 아들은 9공신 중 한 사람이 되었다.

　이성계는 강비를 여의고 막내아들 방석이 방원의 손에 죽자 상왕으로 물러났다. 그리고 고향 함흥으로 가서 세상과 인연을 끊었다. 태종은 아버지의 응어리진 가슴을 풀어드리고 싶었다. 아버지를 모시려고 함흥에 차사로 보냈으나 살아서 돌아오는 이가 없었다.

　성여완의 아들 성석린은 태종의 딱한 사정을 알고 함흥으로 갈 것을 자청했다.

　"태조와 옛 친구이니 만나면 마음을 돌이켜 볼 수 있을 것이옵니다."

　그는 백마를 타고 허름한 무명 차림으로 서울을 떠났다. 함흥 땅 본궁 길가에서 불을 피우며 밥을 지어 먹는 척했다. 태조는 중관을 시켜 저 과객이 누군지 알아보도록 했다.

　친구 독곡이었다. 독곡은 이성계의 마음을 돌리려고 했다. 이성계의

---

12)　고려시대에 육조 가운데 호구, 공부, 전량 따위에 관한 일을 맡아보던 관아.

노여움은 극에 달했다.

"네가 진정 신의 차사로 왔는가."

"아니옵니다. 팔도 유람 차 들렀사옵니다."

"네가 네 임금 앞에서 거짓말을 하는구나. 칼을 가져오너라."

독곡은 살길을 찾아야했다.

"신의 말이 거짓이오면 맹세코 제 자손들은 모두 소경이 될 것이옵니다."

태조는 옛정을 생각해 독곡을 돌려보냈다.

전하를 기만했던지 성석린의 큰아들과 그 손자, 그리고 그 손자의 아들, 3대가 눈이 멀었다.[13]

정몽주는 이방원의 '하여가'에 대한 대답으로 '단심가'를 읊었다. 노래를 읊은 정몽주는 자신의 운명을 알고 있었다. 그는 돌아가는 길에 선죽교 남쪽에 살고 있는 술친구 성여완의 집을 들렀다. 성여완은 집에 없었다. 정몽주는 하인에게 술을 청해 여러 잔을 들이켰다.

정몽주는 말을 거꾸로 탔다. 앞에서 때려 죽이는 것이 보기 싫어 그랬다. 포은은 죽음의 의미까지 훼손시키고 싶지 않았다.

정몽주가 살해되자 성여완은 고려의 국운이 다했음을 알고 포천 왕방산 계류촌에 들어갔다. 여기에 묘덕암을 짓고 초하루와 보름에는 뒷산에 올라가 개성 송악산을 바라보며 통곡했다. 두문불출하고 호를 왕방거사라고 고쳤는데, 이는 왕씨가 있던 곳을 잊지 않는다는 뜻이다.

---

13) 이가원, 『이조명인열전』(을유문화사, 1965), 5쪽.

성여완 묘소
(경기도 포천시 향토유적 제21호, 경기 포천시 신북면 고일리 산 24)

당시 사람들이 이 산을 두문봉이라 하여 지금까지 전해오고 있다. 태조가 여러 차례 시중[14] 벼슬을 내리고 창원 부원군에 봉했으나 끝내 나타나지 않았다.

어느 날 문충공 조준이 좌주[15]인 문정공 이색을 맞아 잔치를 열었는데 고관대작들이 자리를 가득 메웠다. 마침 가랑비가 내리는 속에 복사꽃이 어지러이 지고 있었다. 문경공 독곡 성석린이 먼저 축하하는 절구 시 1수를 지었다.

> 좋은 선비 얻는 것에서 좌주의 어짊을 알겠으니
> 시중이 시중 앞에서 수를 빌어올리네.

---

14) 고려 때 광평성 또는 문하부(내사문하성, 도첨의부, 중서문하성)의 으뜸 벼슬. 품계는 정1품.
15) 고려 · 조선시대 과거의 고시관을 이르는 말.

하늘이 좋은 비 내리게 하여 아름다운 손님들 머물게 하니
바람은 꽃을 날려 춤추는 자리에 지게 하네.

자리에 있던 모든 분들이 붓을 놓았다. 그의 아버지 창녕군 성여완이
크게 노하여 말했다.

"문장은 자신을 낮추어 남에게 겸손해야 하는 것이니, 자신의 재능
을 과장되게 자랑하는 것은 화를 불러들이는 길이다."

성여완은 아들 성석린을 심히 꾸짖었다. 이 말에 독곡은 뉘우치며 용
서를 빌었다.[16]

성여완의 겸손한 품성을 알 수 있는 대목이다.

『가곡원류』에 그의 시조 1수가 전하고 있다.

일 심어 느즛 피니 군자의 덕이로다
풍상에 아니 지니 열사의 절이로다
지금에 도연명 없으니 뉘라 너를 알리오

'일 심어'는 '일찍 심어'의 뜻이다. '느즛'은 '늦게', '군자'는 '학식과
덕행이 높은 사람'을, '열사'는 '절의를 지켜 지조 있는 사람'을 말한다.
도연명은 중국 동진의 시인으로 국화를 무척 사랑했다.

일찍 심어 늦게 피니 군자의 덕이로다. 바람과 서리에 아니 지니 열
사의 절개로다. 지금에 도연명 같은 이가 없으니 누가 상징하는 이 꽃

---

16)   서거정 편찬, 박성규 역주, 『동인시화』(집문당, 1998), 181쪽.

의 뜻을 알겠느냐.

도연명은 자연의 은사로 시와 술로 여생을 보냈다. 그의 「음주」 5편
은 명구로 만인에 회자되었다. 송나라 소동파는 그를 일컬어 중국문학
사의 최고의 시인이라고 했다. 조선의 많은 은사와 처사들이 그의 전
원시에 많은 영향을 받았다.

동쪽 울타리 아래서 국화를 따다
멀리 남산을 바라본다
산 기운은 석양이 더욱 아름답고
나는 새들은 서로 더불어 돌아오는구나

국화는 예로부터 군자의 꽃이라고 했다. 지은이가 도연명이 없다고
말한 것은 도연명이 그렇게도 사랑했던 국화가 없다는 말이다. 기울어
져가는 고려 왕조를 지켜줄 열사가 없음을 탄식하고 있다. 선비의 지

조 문제를 제기한 것으로 보아 당시 식자층 간의 유교적 관념이 보편화된 것으로 보인다. 만년에 이 시조를 짓지 않았나 생각된다.

이성계는 살아 나라를 세웠고 정몽주는 죽어 만고의 충신이 되었다. 그리고 성여완은 은거하여 절의를 지켰다. 아버지 성여완과 그의 아들 성석린의 길은 달랐다. 성여완은 은둔하여 고려 사람이 되었지만 아들은 현직에 나가 조선 사람이 되었다.

산다는 것은 처녀의 길이다. 절의를 지키며 살아간다는 것은 쉬운 일이 아니다. 당당하면서 겸손하게 살아가는 그런 삶은 어떨까 생각해본다.

최영의 「녹이 상제 살찌게 먹여…」

綠驛 霜蹄 슬지게 먹여 시닉물에 씻겨 타고
龍泉 雪鍔 들게 ᄀ라 다시 샌혀 두러 메고
丈夫의 爲國忠節을 세워 볼가 하노라

— 『악학습영』 799, 『청구영언』(가람본) 442

최영(崔瑩, 1316, 충숙왕 3~1388, 우왕 14)

고려의 명장으로 본관은 동주 시호는 무민이다. 왜구와 홍건적
토벌에 많은 공을 세웠다. 명나라의 철령위 설치로 요동 정벌을 계
획, 이성계의 위화도 회군으로 실각, 처형되었다. 시조 1수가 전하
고 있다.

◆ 어휘풀이

녹이 상제 : 녹이와 상제는 모두 준마의 이름임. '녹이'는 주의 목
왕의 준마명. '상제'는 날랜 말굽을 말함.

용천 설악 : 용천은 보검의 이름. 설악은 날카로운 칼날을 이름.

샌혀 : 빼어

위국충절 : 나라를 위한 충성심과 절의

겨레의 스승, 최영

녹이상제 살찌게 먹여 시냇물에 씻어타고
용천설악을 들게 갈아 둘러메고
장부의 위국충절을 세워볼까 하노라

녹이상제는 준마의 이름이요, 용천설악은 명검의 이름이다. 녹이 준마를 살찌게 먹여 시냇물에 씻기고 준마를 타고 용천 명검을 날카롭게 갈아 둘러메고 장부의 위국충절을 세워볼까 하노라.

최영의 호기가이다.

일세를 풍미했던 불세출의 최영 장군! 그는 고려 말 이성계와 함께 무인의 쌍두마차였다.

명나라가 철령위를 설치하려 하자 최영은 요동을 칠 것을 왕에게 주청했다. 이성계는 4불가론[17]을 내세워 반대했다. 우왕은 1388년 4월 최영을 8도 도통사[18], 조민수를 좌군 도통사, 이성계를 우군 도통사로 임명했다.

---

17) 소국으로서 대국에 거역함이 첫째 불가요, 여름철 출진이 둘째 불가요, 원정군이 출동하면 왜구가 그 허를 노릴 것이니 셋째 불가요, 지금은 장마가 들어 활의 아교가 녹아 못 쓰게 되며 병사들도 질병이 걱정되니 또한 불가함이다.
18) 고려 말 각 도의 군대를 통솔하기 위해 둔 벼슬.

기봉사

최영 장군의 위패를 모신 사당으로 충남 홍성군 홍북면 노은리에 있다.

명나라의 요동 정벌이 개시됐다. 좌우군은 위화도에 집결했다. 장마로 압록강이 불어나자 이성계는 우왕에게 회군 명령을 내려 줄 것을 요청했다. 우왕은 이를 무시하고 진군할 것을 독촉했다. 이것이 화근이 되었다. 이성계에게 회군의 빌미를 제공해준 것이다.

회군했다. 우왕은 최영에게 진압 명령을 내렸으나 막강한 이성계·조민수 좌우군 부대를 당해낼 수는 없었다. 무리한 출병으로 우왕과 최영의 요동 정벌은 무산되고 말았다.

그 해 12월 최영이 참수됐다. 사실상 이성계가 나라의 실권을 장악하게 된 것이다. 최영의 죽음은 고려 종말의 결정타가 되었고 4년 후 정몽주의 피살로 이어져 고려 사직은 종언을 고했다.

최영은 죽는 순간까지 떳떳했다.

"나에게 죄가 있다면 나라에 충성한 죄일뿐, 내게 사심이 있었다면 내 무덤 위에는 풀이 날 것이요 그렇지 않다면 풀 한 포기도 나지 않을 것이다."

그의 무덤에는 그의 말대로 풀 한 포기 나지 않았다고 한다. 풀이 나지 않는다고 해서 붉은 무덤, 적분이라 했다. 장군이 참수되던 날 개성 사람들은 모든 시장을 철시하고 백성들은 눈물을 흘리며 슬퍼했다. 위로는 왕의 신임을, 아래로는 백성들의 존경을 온몸으로 받아왔던 그였다.

춘정 변계량은 최영의 죽음을 다음과 같은 시로 찬탄했다.

위엄 떨치며 나라 바로잡기에 귀밑머리 희끗희끗
말 배우는 거리의 아이도 모두 그 이름 아네
한 조각 장한 마음 마땅히 사멸하지 않고
천 년이 흘러도 태산과 함께 영원하리

이성계는 개국 6년 만에 최영에게 무민이라는 시호를 내리고 그의 넋을 위로했다.

이성계는 우왕을 폐하고 창왕을 세웠고 일 년도 채 안 되어 창왕을 또 폐했다. 우왕과 창왕을 신돈의 혈통이라 하여 제거하고 폐가입진론을 내세워 고려의 마지막 왕 공양왕을 즉위시켰다. 그리고는 수순에 의해 1389년 12월 우·창왕을 살해했다.

최영은 고려의 명장이었으며 고려 사직의 최후의 보루였다. 그는 일생을 티끌 한 점 없고 부끄러움 없는 고려인으로 살았다.

최영이 공주 근처에 이르렀을 때였다. 삼면이 절벽으로 된 험소에서 왜구와 충돌하였는데 그는 사졸들 선두에서 돌격하다 그만 입술에 화살을 맞고 말았다. 태연작약하게 그 저격자를 활로 쏘아 죽이고 왜구를 대파 격멸하였다. 왕은 그를 시중으로 승진시키려 하였으나 최영은 시중이 되면 쉽게 출격할 수 없으니 왜구를 모두 진압한 후로 미루어 달라고 사양했다. 그에게는 오직 나라를 구하는 마음만 있을 뿐 모든 명리는 그의 뜻하는 바가 아니었다.

최영은 이처럼 청렴 강직한 우국 충신이었다. 그는 요동 정벌로 고려국의 위상을 높이고자 했으나 그것이 되려 역성 혁명의 원인이 되었다. 운이 그를 따라주지 않았다.

최영은 충청남도 홍성군 홍북면 노은리에서 태어났다. 본관은 창원, 딸은 우왕의 존비이다. 왜구 토벌, 조일신의 난 토벌, 홍건적 퇴치 등 많은 공을 세워 대호군[19], 전리 판서에 이르렀으며 1384년에는 문하시중[20]이 되었다. 한 때 신돈의 참언으로 계림윤에 좌천되기도 했으나 우왕 2년 홍산 싸움에서 왜구를 크게 무찔러 철원부원군의 봉함을 받았다.

최영이 16살 때 부친이 세상을 떠나면서 '황금을 보기를 돌같이 하라'는 유훈을 남겼다. 장군은 그 유훈에 따라 평생을 나라를 위해 몸을 바쳤다.

> 황금을 보기를 돌같이 하라.
> 이르신 어버이 뜻을 받들고
> 한평생 나라 위해 바치셨으니
> 겨레의 스승이라 최영 장군.

---

19) 고려시대에 둔, 종3품의 무관 벼슬. 공민왕 때 대장군을 고친 것이다.
20) 고려시대 종1품 중서문하성의 수상직.

요동땅 너는 알라 장군의 뜻을
위화도 회군의 원한을 품고
조용히 참형으로 돌아가시니
슬프다 붉은 무덤 최영 장군.

– 동요「최영 장군」1, 3절

고려의 종묘 사직을 마지막 순간까지 지키다가 순절한 최영은 그 많은 시간이 흘렀어도 설화나 동요로 승화되어 지금까지도 숭앙의 대상이 되고 있다.

개성 덕물산 최영 장군사는 우리나라 중부지방 무당들의 최고의 성지였다. 조선시대에는 최영 장군의 신령을 모시는 전속 무녀가 배치되어 있었고, 무녀가 늙거나 병들면 다시 나이 어린 처녀로 사당을 모시게 했다. 국가에서는 이곳에 세금을 부과하여 국가 재정의 일부를 충당하기도 했다. 일제강점기까지도 덕물산 정상에는 산상동이란 무당촌이 있었다. 이곳에는 최영을 모시는 장군당, 장군의 부인을 모시는 부인당, 창부당 등이 있었다.[21]

최영의 활동 범위가 전국에 걸쳐 있어 많은 사당과 유적지가 산재해 있다. 개성 덕물산의 최영 장군사, 강원도 철원군과 충남 홍성군의 최영 장군 생가, 노은리의 최영 장군 사당 기봉사를 비롯하여 홍성문화제의 최영 장군 영신제, 충북 충주시의 기봉영당, 경기도 고양시 대자산 기슭의 최영 장군묘가 있다. 그리고 경남 통영시, 제주도 추자면의

---

21) 국립민속박물관의 『한국민속신앙사전』에서 제공. 집필 인하대학교 서영대. 네이버 지식백과.

최영 장군 묘소
(경기도 기념물 제23호. 경기 고양시 덕양구 대자동 산 70-2)

최영 장군 사당, 부산 동구의 무민공 최영 장군 사당, 경기도 양주시 장
흥면의 최영 장군당, 경남 남해시 미조면의 최영 장군 사당 무민사, 부
산 수영구의 무민사 등이 있다.

　겨레의 스승 최영 장군. 충효는 케케묵은 단어가 아니라 닦을수록 빛
나는 눈부신 언어이다. 부모와 나라를 생각하면 영혼이 맑아지고 깨끗
해지는 법이다. 충과 효, 그것이 우리가 살아가는 이유이고 우리가 살
아가야 할 이유이다. 이 시대에 진정으로 새겨볼 만한 인물이다.

이색의 「백설이 잦아진 골에…」

白雪이 ᄌᆞ자진 골에 구루미 머흐레라
반가온 梅花ᄂᆞᆫ 어늬 곳이 퓌엿ᄂᆞᆫ고
夕陽에 홀로 셔 이셔 갈 곳 몰나 ᄒᆞ노라

– 『악학습영』 51, 『청구영언』(진본)

이색(李穡 1328, 충숙왕 15~1396, 태조 5년)

 고려삼은의 한 사람으로 자는 영숙, 호는 목은이며 본관은 한산
이다. 이제현의 문인으로 성리학의 대가로 칭송되고 있다. 우왕의
사부로 우왕 14년(1377)에 문하시중·한산부원군 등 최고의 직을
받았다. 저서에 『목은문고』, 『목은시고』가 있다.

◆ 어휘풀이
ᄌᆞ자진 : 잦아진
머흐레라 : 험하도다
셔 이셔 : 서 있어

성리학의 대학자, 이색

이색은 이성계와는 막역한 친구였다. 1389년 이성계 일파는 창왕을 폐위시키고 공양왕을 즉위시켰다. 이색이 이를 규탄하다 장단·함창·청주·한주·금주 등지로 유배당했다. 장자 종덕은 액살 당하고 나머지 아들들은 유배되었다.

문생이었던 정도전·조준 등도 이색에게 등을 돌렸다. 정도전은 이색의 탄핵에 앞장까지 섰다. 세상 인심은 그를 떠났고 해는 이미 서산에 기울고 있었다.

> 백설이 잦아진 골에 구름이 머흐레라
> 반가운 매화는 어느 곳에 피었는고
> 석양에 홀로 서 있어 갈 곳 몰라 하노라

「백설이 잦아진 골에……」는 이때 지어진 것으로 보인다. 고려의 운명 앞에 그는 풍전등화였고 외로운 매화였다.

그는 문인들의 배신에 인생의 허망함과 분노를 느꼈다.

> 옛 도(道)는 덩굴처럼 황폐해지고
> 복숭아꽃(정몽주)·오얏꽃(이성계) 역시 말이 없구나
> 뜬 인생 어느 곳에 기대하겠는가

금석(金石)과 난손(蘭蓀) 같은 교유였는데

은혜와 원수가 서로 섞여 있고

비와 구름처럼 엎치락뒤치락하는구나

우리의 도(道) 한 올의 머리카락 같으니

위태롭도다 그 누가 보존하리 [22)]

　　같이 강학했던 정몽주도 말이 없고 막역했던 이성계도 그의 편이 아니었다. 문인들은 분열되기 시작했다. 은혜가 원수가 되고 원수가 은혜가 되어 서로 물고 물렸다. 세상을 개탄하지 않을 수 없었다. 이색·정몽주와 정치적 견해를 같이 했던 문인들도 정몽주가 살해됨으로써 모두 숙청당했다. 그러나 그는 시세에 영합하지 않고 대의로서 끝까지 지절을 지켰다.

차라리 오늘 버림을 받을 지언정

다음에 어리석다는 비웃음을 받지 않으리라

내 한 몸의 기운이 다 하더라도

명예와 지절을 끝까지 지키리라 [23)]

　　1392년 조선이 건국되자 그는 붓을 꺾었다. 그렇게도 좋아했던 시도 던졌다. 이색은 시만도 6,000여 수에 달했던 당대 제일의 문장가였다. 그에게 시는 하루 일과의 시작이었으며 제자를 가르칠 때도 시로 강론

---

22) 『목은시고』 권23, 고풍
23) 『목은선생연보』, 53세조, 자탄시

문헌서원

(충청남도 문화재 자료 제125호. 충남 서천군 기산면 영모리 10)
목은영당에는 이색의 영정이 봉안되어 있으며 사우에는 이색 · 이곡과
이종학 · 이자 · 이개 · 이종덕의 위패가 봉안되어 있다.

했고, 정사를 말할 때도 시로 행했다. 참으로 시를 사랑한 사람이었다. 그러던 그가 붓도 던지고 시도 던졌으니 조선의 건국은 그에게는 죽음이나 다를 바 없었다. 이름도 쓰지 않겠다는 참담한 심정이 당시 친구에게 보낸 편지에 남아있다.

> 나라 일이 이 지경에 이르렀으니 통곡하여 무슨 말을 하리오. 한때 같이 죽지 못하였음이 한이었고, 이 몸도 이미 이 지경에 이르렀으니 다만 백이 · 숙제와 같이 수양산에서 고사리나 캐먹고 싶으나 그것도 무슨 심정으로 주나라(조선) 곡식을 먹으리오. 나머지는 다 쓰지 못하겠고 망국의 죄인이니 이름을 쓰지 않겠소.
>
> ─『목은선생연보』 65 세조

태조는 이색에게 출사를 종용했으나 끝내 거절했다. 망국의 사대부는

신항서원

(충청북도 기념물 제42호. 충북 청주시 상당구 용정동 120)

창건 당시 유정서원이라 하였다가 1660년 사액을 받으면서 신항서원으로 바뀌었다. 경연 · 박훈 · 송인수 · 김정 · 한충 · 송상현 · 이득윤 · 이이 · 이색 등 9명의 선현을 배향하고 있다.

살기를 도모하지 않으며 해골을 고향 산천에 묻을 뿐이라고 말했다. 그러한 충절에도 태조는 끝까지 그를 친구의 예로 극진히 대접했다.

색이 나아가 뵙고 하는 말이 "개국하는 날 어찌 나에게 알리지 않았습니까? 만약 나에게 알렸다면 읍양하는 예를 베풀어서 더욱 빛났을 것인데 어찌 말 장수로 하여금 추대하는 수석이 되게 하셨습니까?"라고 하였다. 이 것은 배극렴을 두고 풍자한 것이었다. 남은이 옆에 있다가 "어찌 그대 같은 썩은 선비에게 알리겠는가"라고 하니 왕이 은을 꾸짖어 다시는 말을 못하게 하고 옛날 친구의 예로 대접하여 중문까지 나가서 전별하였다.

– 『태조실록』 권9

그는 포은과 더불어 고려 사직을 위해 끝까지 투쟁했다. 그러나 거대한 물줄기는 어쩔 수가 없었다. 태조 5년 신륵사로 가는 도중에 병을 얻어 69세 일기로 세상을 떠났다. 여주 강가에서 정도전 등 반대파들이 보낸 독주에 사사되었다는 이야기도 있어 후세 사인의 의혹에 씁쓸함을 남기기도 했다.

그가 죽자 태조는 그의 죽음을 슬퍼하여 애도의 제문을 지어 조문했다.

> 이 달 초하룻날에 와서 여강으로 가기를 청하였는데 나는 우리의 작별은 잠깐이라고 생각하여 수일 내에 다시 올 것을 청하였다. 그런데 어찌 부음이 홀연히 들려올 줄을 기약했으랴. 지난날을 추상하니 내 마음이 더욱 강개하여진다. 하늘이 남겨주지 않으니 나를 돕지 않는도다. 국가가 진췌하여진 슬픔을 어찌 다 말하리오. 영령이 만일 있다면 어찌 다 알지 못하리오. 이제 내신을 명하여 빈소에 가서 전하노라. 슬프다. 길고 짧은 기한은 원래 천명을 의심하지 않으나, 슬픔과 영광에 대한 예는 마땅히 국가의 법전대로 갖추어 거행하라.[24]

이색은 고려 말 성리학의 대학자이다. 부는 문효공 이곡으로, 자는 영숙, 호는 목은이며 본관은 한산이다. 충숙왕 15년(1328)에 경상도 영해부에서 출생했으며 14세에 성균시에 합격, 20세에 원에서 국자감 생원으로 3년간 수학했다. 귀국해서 26세에 문과에 급제했고 공민왕 14년(1365)에는 첨서밀직사사[25], 40살에 성균대사성[26]을 지냈다. 우왕

---

24) 『동문선』권23. 교특진보국숭록대부한산군이색.
25) 고려시대에, 밀직사의 종2품 또는 정3품 벼슬.
26) 고려·조선시대 정3품인 성균관의 으뜸 벼슬.

가정 · 목은 선생 문집 판각
(충청남도 유형문화재 제77호. 충남 서천군 기산면 영모리 312)

의 사부로 우왕 14년(1377)에 문하시중 · 한산부원군 등 최고의 직을 받았다.

이색은 불교에 대해서도 해박했다. 산사에 출입하면서 많은 승려들과 교류했다. 8세 때 서천 기산의 숭정산에서 공부했으며, 강화 교동의 화개산, 한양의 삼각산, 견주의 감악산과 청룡산, 서주의 대둔산, 평주의 모란산 등도 그가 즐겨 찾았던 곳이었다.

이색의 학문은 이제현으로부터 나왔다. 문익점, 이존오 등과 교류했고 고려삼은 길재는 스승 이색으로부터 가르침을 받았다. 조준, 하륜, 권근, 황희, 변계량, 맹사성 등 많은 지식인이 그의 문하에서 나왔다.

그는 당대 제일의 정치가, 문장가였으며 대석학이었고 위대한 교육자였다. 성리학을 바탕으로 국정을 쇄신하고자 사투했으나 이성계와 맞서다 결국 조선 건국의 비운을 맞고 말았다.

사림 정신의 거두 길재가 그의 문하에서 나왔으니 그는 조선 학맥의 근원이었다. 훗날 불교 신봉자라 하여 다소 폄하되기도 했으나 학문과 정치에 거족을 남긴 성리학의 대가로, 한국 유학사의 거목으로 고려 충절의 사표가 되었다. 충청남도 서천 기산의 문헌서원, 청주의 신항 서원에 배향되었다. 저서로 『목은시고』, 『목은문고』가 남아있다

시조는 역사이다.

면면이 내려온 선비 정신이 600여 년이 흐른 지금에도 죽비로 남아 우리들을 일깨워주고 있다.

이지란의 「초산에 우는…」

楚山에 우는 범과 沛澤에 잠긴 龍이
吐雲 生風ᄒ여 氣勢도 壯홀시고
秦나라 외로온 사슴은 갈 곳 몰나 ᄒ노라

—『악학습영』513, 『악부』(서울대본) 273

이지란(李之蘭, 1331, 충혜왕 1~1402, 태종 2)

고려 말, 조선 초의 공신. 여진의 금패천호 아라부카의 아들로 공민왕 때 부하를 이끌고 귀화했다. 이조 개국 공신으로 청해백에 책봉되었으며 만년에 중이 되었다. 시호는 양렬이다. 시조 1수가 전한다.

◆ 어휘풀이

초산에 우는 범 : 항우를 가리킴, 진나라를 치고 스스로 서초의 패왕이라 지칭하였음.

패택에 잠긴 용 : 한고조 유방을 가리킴, 패택은 유방의 고향 패풍읍에 있는 큰 연못 이름인데, 그의 어머니가 패택가에서 꿈을 꾸고 그를 낳았다고 함.

토운생풍 : 구름을 토하고 바람을 일으킴.

장홀시고 : 장하구나.

진나라 외로운 사슴 : 항우가 죽인 진의 자영을 이름.

개국 공신의 귀화인, 이지란

퉁두란이 어느 날 이성계의 명궁 솜씨를 듣고 함흥을 찾아왔다.

"나는 퉁두란이라 하오. 흑룡강에 살고 있소이다. 이 공의 활솜씨가 출중하다하여 무례를 무릅쓰고 찾아왔소이다."

"무엇을 보고자하시오?"

"내가 백 보 밖에서 이 공에게 활을 쏘겠소. 막아보시겠소?"

활솜씨를 구실 삼아 죽이겠다는 심보였다.

"그럼 한번 활솜씨를 보여주시구려."

이성계는 쾌히 승낙했다.

퉁두란이 시위를 당겼다. 이성계가 화살에 맞아 쓰러지는 것은 당연한 일이었다.

그런데 이성계가 화살을 손에 쥐고 웃고 있는 것이 아닌가.

약이 올랐다.

두 번째의 화살을 당겼다. 이성계가 땅에 납작 업드려 퉁두란을 쏘아보았다. 세 번째의 화살을 쏘았다. 이번에는 이성계가 재빠르게 날아올라 두 다리를 쩍 벌리고 있었다. 화살은 두 다리 사이로 빠져나갔다.

"이 공 내가 졌소. 나를 마음대로 하시오."

"일어나시오. 이기고 진 사람이 어디 있겠소. 운이 좋았을 뿐이오."

이렇게 해서 두 사람의 인연은 시작되었다.[27]

이지란은 고려 말, 조선 초의 공신으로 여진의 금패천호 아라부카의 아들로 공민왕 때 부하를 이끌고 귀화했다. 이성계를 도와 조선 건국에 공을 세워 개국 일등 공신에 책록되었다. 청해군에 봉해지고 좌찬성[28]에 이르렀고 경상도절제사[29]로 왜구를 방어했다. 갑주, 공주성을 축조했으며 제1차, 제2차 왕자의 난에도 공을 세웠다.

태조가 영흥으로 은퇴하자 시종했고 그 후 승려가 되었다. 태조의 묘정에 배향되었으며 시호는 양렬공이다. 묘는 함경남도 북청군 신북청읍 안곡리에 있고 진건면 용정리 하독정에 영정을 모신 사당, 청해사가 있다. 시조 1수가 전한다.

> 초산에 우는 범과 패택에 잠긴 용이
> 토운생풍하여 기세도 장할시고
> 진나라 외로운 사슴은 갈 곳 몰라 하노라

초장에서 범은 서초패왕 항우를, 용은 한왕 유방을 말한다. 중장에서는 이 범과 용이 구름을 품어내고 바람을 일으키어 천하를 삼키려는 기세가 대단하다고 했다. 그리고 종장에서는 진나라 외로운 사슴은 갈

---

27) 최범서, 『야사로 보는 조선의 역사』(가람기획, 2003), 31쪽.
28) 조선시대에, 의정부의 종1품 문관벼슬. 백관을 통솔하고 일반 정사를 처리, 국토 계획, 외교 따위를 맡아 보았다.
29) 고려 공양왕 원년에 원수(고려 때 전시의 군가를 통솔하던 장수, 또는, 한 지방의 군대를 통솔하던 벼슬)를 고친 이름.

곳 모르고 있다고 했다.

사슴은 『사기』「회음후열전」의 중원축록(中原逐鹿)에서 인용한 것이다. 이는 중원의 사슴을 쫓는다는 뜻으로 제위를 두고 다툼을 비유하는 말이다. 이 말은 고려의 왕권이 누구에게로 갈지 모른다는 뜻이다. 진(秦)나라가 무너지고, 천하(중원)가 어지러워지자 각지의 영웅호걸들이 일어났다. 진나라는 사슴(鹿, 제위)을 잃었는데 천하가 모두 이것을 쫓았다. 그 중 키 크고 발 빠른 걸물, 고조 유방이 차지했다.

결국 이씨에게로 넘어가기를 바란다는 뜻이다.

이 시조는 고려 말기 왕권 교체를 둘러싸고 벌어진 험난한 전세를 암시하고 있다. 중국의 진나라 말기에 진시황이 죽자 여러 영웅들이 일어나 전쟁을 벌였다. 고려 말기가 중국의 진나라 말기와 비슷함을 은근히 드러내고 있다.

이성계는 조선을 세운 후 퉁두란에게 이씨 성과 지란이라는 이름을 하사했다.

이지란은 만년까지 이성계를 모셨다. 이성계가 왕자의 난 후 영흥으로 내려갈 때 배행했다. 그리고 풍양으로 은퇴했다. 이 때 이성계에게 아뢰었다.

"신은 전장에서 많은 사람을 죽였습니다. 이를 속죄하고자 머리를 깎고 중이 되고자 합니다."

그는 절에 들어가 집과 세상사와 인연을 끊었다. 그러나 수염만은 남겨놓았다. 이것으로 장부의 기상을 표하기 위해서였다.

만년에는 문을 닫고 일체 외인을 대하지 않았다. 72세에 세상을 떠났

태조의 건원릉
(사적 제193호, 경기 구리시 인창동 산 4-2 동구릉 내)
봉분에는 다른 왕릉처럼 잔디를 심지 않고 억새풀을 심었는데 고향
을 그리워했던 아버지를 위해 태종이 태조의 고향에서 흙과 억새를
가져다 덮었다는 일화가 전해지고 있다.

다. 목욕재계하고 단정히 앉은 채 아들도 부르지 않고 임종했다.

선조 임진년 이전까지 행인들은 외경스러워 감히 소나 말을 타고 그
의 무덤 앞을 지나가지 못했다.

귀화인 이지란. 만년에 중이 되어 죽은 이들에게 속죄했다. 그도 어
쩔 수 없는 인간이었나 보다. 깨끗하게 짐을 덜어 일생을 마무리했다.
그의 외경스러운 죽음은 후세인의 귀감이 되고 있다.

정몽주의 「이 몸이 죽고 죽어 …」

이 몸이 주거 주거 一百 番 고쳐 주거
白骨이 塵土 되여 넉시라도 잇고 업고
님 向흔 一片丹心이야 가실 줄이 이시랴.

－『악학습영』52, 『청구영언』(진본) 8

정몽주(鄭夢周, 1337년, 충숙왕 복위 6~1392년, 공양왕 4)

고려삼은의 한 사람으로 자는 달가, 호는 포은이다. 초명은 몽란,
몽룡, 관례 후 이름을 몽주로 고쳤다. 동방이학의 원조로 벼슬은 예
문관 대제학에 이르렀다. 이성계 일파의 새 왕조 창업에 반대하다
선죽교에서 피살당했다. 저서로 『포은집』이 있다.

◆ 어휘풀이

주거 주거 : 죽고 또 죽어
진토 : 한 줌의 티끌과 흙
잇고 업고: 있든 없든 간에
일편단심 : 진심에서 우러나는 충성된 마음
가실 줄이 : 변할 줄이

만고의 충신, 정몽주

　　1392년(공양왕 4) 3월 이성계가 해주에서 사냥을 하다 다쳤다. 위독하다는 소문이 퍼졌다. 포은은 이 기회에 이성계 일파를 제거하고자 했다. 정도전·조준 등을 전격 체포하고 이들을 역모로 몰아 유폐시켰다. 이제 이성계 일파와의 한판 승부는 피할 수 없는 운명이 되었다.

　　포은은 문병의 구실로 이성계를 찾았다. 이방원은 포은을 제거하지 않으면 자신들이 죽는다는 것을 알고 있었다.

　　　이런들 어떠하리 저런들 어떠하리
　　　만수산 드렁칡이 얽혀진들 어떠하리
　　　우리도 이같이 얽혀서 백년까지 누리리라

　　이방원은 이성계를 왕으로 추대하는 것이 어떻겠느냐고 물었다. 일백 번 고쳐 죽은들 동조할 수 없고, 넋이라도 고려를 향한 일편단심이야 변할 리 없다고 포은은 대답했다.

　　정몽주는 이방원의 위와 같은 '하여가'에 대한 대답으로 '단심가'를 읊었다.

　　　이몸이 죽고 죽어 일백 번 고쳐죽어
　　　백골이 진토되어 넋이라도 있고 없고
　　　님 향한 일편단심이야 가실 줄이 있으랴

임고서원
(경상북도 기념물 제62호, 경북 영천시 임고면 양항리 462외 21필)
정몽주의 위패를 봉안하고 있다.

이 노래를 읊은 정몽주는 자신의 운명을 알고 있었다. 그는 돌아가는
길에 선죽교 남쪽에 살고 있는 술친구 성여완의 집을 들렀다. 정몽주
는 그 집의 술맛이 유별남을 알고 있었다. 그는 집에 없었다. 정몽주는
하인에게 술을 청해 연거푸 잔을 들이켰다. 그리고는 집을 나섰다.

노을진 서녘 하늘을 오랫동안 바라보았다. 포은은 자신의 운명을 알
고 있었다.

포은은 녹사[30]에게 말했다.

"너는 내 뒤 멀리 떨어져서 오너라."

"아니 되옵니다. 소인은 대감을 따르겠나이다."

"절대로 아니 되느니라."

녹사는 포은의 뒤를 바짝 뒤쫓았다.

---

[30]   고려 때 각 관청에 속한 7~8품 벼슬.

선지교에 들어서는 순간 철퇴로 정몽주의 뒤통수를 내리쳤다. 방원의 명을 받은 조영규였다. 선지교 차디찬 돌다리 위에서 포은은 피를 흘리며 녹사와 함께 붉은 숨을 거두었다.

오백 년 고려의 사직은 이렇게 해서 끝났고 만고의 충신 포은은 그렇게 해서 숨졌다. 공양왕 4년 1392년 4월 4일이었다. 이 해 7월 고려가 망하고 조선이 건국되었다. 그는 죽음으로 나라에 대한 충을 실천했다.

이성계의 불호령이 떨어졌다.

"불효막심한 놈아."

"아까운 인재를 죽이다니, 네가 사람이더냐."

이성계는 포은을 존경하고 있었다. 싸움터에서 생사를 같이 했던 이성계에게 포은은 한결같은 동지였다. 이렇게 해서 '하여가'와 '단심가'는 조선 건국과 고려 멸망의 대명사가 되었다.

포은이 피살되었던 그날 밤 선지교 다리 옆에 붉은 대나무가 자라나고 있었다. 그 후 선지교를 선죽교라 불렀다.

정몽주는 고려삼은의 한 사람으로 자는 달가, 호는 포은이다. 영일군 문충골에서 태어나 영천에서 살았다. 초명은 몽란, 몽룡, 관례 후 이름을 몽주로 고쳤다. 어깨에 북두칠성이 있어 훗날 큰 인물이 되리라 여겼다. 문과 삼장에 장원으로 급제, 예조[31] 정랑[32]으로 성균박사[33]를 겸

---

31) 육조의 하나. 고려 이래 예의, 제사, 조회, 외교, 학교, 과거 따위의 일을 맡아보던 관청으로 예관, 예부, 예의사, 의조, 상서예부 등으로 여러 차례 이름이 바뀌었다.

32) 고려 때 사사와 고공사들에 딸린 정5품의 벼슬.

33) 고려 때 성균감 또는 성균관의 정7품 벼슬. 국자박사를 고친 이름. 조선시대 성균관

포은정선생지려
(경상북도 유형문화재 272호, 경북 영천시 임고면 우항리
1044-5) 정몽주 선생의 효성을 기리기 위해 그의 출생지인
효자리에 유허비를 세웠다.

임했다. 그는 일본과 명나라의 사신으로 많은 외교적 업적을 쌓았다. 배명친원의 외교 방침과 맞서다 한 때 귀양을 가기도 했다.

포은은 부친상으로 3년을, 모친상으로 또 3년을 시묘살이를 한 것으로도 유명하다. 당시 사대부들은 모두 백일 단상을 했는데 그만이 부모상에 시묘를 살아 슬픔의 예를 다했다. 그의 효행이 온 나라에 알려져 공양왕 원년(1389)에 그가 사는 우항리를 '효자리'라 명하고 영천 군수 정유로 하여금 비석을 세워 기념하도록 했다. 그는 이렇게 집에서는 몸소 효를 실천했다.

김득배가 홍건적을 물리치고 서울을 수복한 일이 있었다. 김용은 김득배가 친원 세력과 결탁해 공민왕을 시해하려 했다고 모략했다. 그 때문에 김득배는 산주에서 효수되었다. 정몽주는 김득배의 절대적인 후원자였으며 문생이었다.

당신께선 유생이라 글로 적을 토벌해야 했는데

의 정7품 벼슬.

어찌하여 칼을 뽑아 삼군의 장수가 되었소.
충성스럽고 장렬한 넋은 지금 어디에 있나
머리 돌려 청산을 보니 부질없이 흰구름만 떠있네
— 포은의 「원수 김득배를 제사하여」

한때의 비통하고 애달픈 마음을 남김없이 잘 나타내주고 있다. 옛사람이 이르기를 "장가의 애절함은 통곡보다 더하다"고 하였다.[34]

그는 왕에게 청해 아무도 거들떠보지도 않는 시체를 거두어 예를 다해 장사 지내 주었다. 김득배가 역적으로 몰려 죽음을 당한 것은 하늘의 올바른 이치가 아니라고 주장했다. 또한 이렇게 조정에서 의를 실천했다.

조광조는 김굉필에서 배우고 김굉필은 김종직에게서, 김종직은 그 아버지 숙자에게서 배웠다. 김숙자는 길재에게서 배우고 길재의 학문은 정몽주에게서 나왔다.

목은 선생은 "횡설수설이 이치에 맞지 않는 것이 없으니 우리 동방의 성리학의 시조로 추대해야겠다."라고 말하기까지 했다. 후배였던 정도전도 "여러 생도가 각기 학업을 연수하여 사람마다 이견이 있었는데, 선생은 그 물음에 따라 명확히 설명하되 털끝만큼도 차이가 나지 않았다."라며 존경의 마음을 표했다. 정몽주는 이후 정도전에게 많은 영향을 준 '마음을 같이한 벗'이었으나, 역사의 선택은 그들을 서로 적으로 만들었다.

---

34) 서거정 편찬, 박성규 역주, 앞의 책, 176쪽.

포은 묘소
(도지정 기념물 제1호, 경기 용인시 처인구 모현면 능원리 산3)

세종 때 『삼강행실도』의 「충신전」에 올랐고 문종 때는 마전의 숭의전에 배향되었다.

선조는 포은의 송도 옛집터에 서원을 세우고 숭양이라는 사액을 내렸다. 포은의 신주를 어떻게 쓸 것인지 선조에게 물었다.

"포은은 고려 사람인데 어찌 조선 관작을 받겠는가. 영의정으로 추증은 했으나 그냥 '포은 선생'으로 쓰는 것이 좋겠노라."

선조도 포은의 충절을 훼손하고 싶지 않았다. 이렇게 포은은 죽어 붉은 대나무, 만고 충절의 대명사가 되었다.

개성의 숭양서원을 비롯한, 영천의 임고서원 등에 그의 초상을 봉안하고 있다. 우항리와 구정리에는 포은의 유허비가, 문충리에는 포은이 말을 탈 때 사용했다는 승마석이 전해지고 있다.

집에는 효를, 조정에서는 의를, 나라에서는 충을 실천한 포은 정몽주. 그는 우리나라 효·의·충의 대명사였다.

이존오의 「구름이 무심탄 말이 …」

구룸이 無心툰 말이 아무도 虛浪ᄒ다
中天에 ᄯᅥ이셔 任意로 ᄃᆞ니면서
구티야 光明혼 날빗츨 ᄯᅡ라가며 덮나니

— 『악학습영』 53, 『청구영언』(진본) 348

이존오(李存吾, 1341, 충혜왕 복위 2~1371, 공민왕 20)

고려 말 문신으로 호는 석탄 또는 고산이다. 학문이 뛰어나고 성격이 곧아 '진정한 정언'이란 칭호를 얻었다. 벼슬은 정언에 이르렀고 죽은 후 성균관 대사성에 추증되었다. 시조 3수와 『석탄집』이 전한다.

◆ 어휘풀이

허랑ᄒ다 : 언행이 허황하고 착실하지 못함

중천 : 하늘 한복판

임의 : 마음대로

ᄃᆞ니면서 : 다니면서

구티야 : 굳이

날빗츨 : 햇빛을

덥ᄂᆞ니 : 덥느냐

진정한 정언, 이존오

구름이 무심탄 말이 아마도 허랑하다
중천에 떠 있어 임의로 다니면서
구태여 광명한 날빛을 따라가며 덮나니

신돈의 횡포를 풍자한 시조이다.

구름이 무심하다는 말은 거짓되고도 믿을 수가 없다. 하늘 한복판을 임의로 떠다니며 구태여 광명한 햇빛을 따라가며 덮고 있느냐. 국권을 마음대로 주무르고 다니는 간신, 신돈이 왕의 총명을 가리고 있음을 개탄한 내용이다.

신돈이 왕의 신임을 등에 업고 정사를 좌지우지하자 선생은 좌사의 대부[35] 정추와 함께 왕에게 탄핵의 글을 올렸다.

"요망한 물건이 나라를 그르치니 그냥 두어서는 아니되옵니다."

"당장 신돈을 파면하고 일당 요물들을 모조리 처단하소서."

왕이 진노했다. 석탄이 대궐로 들어가 보니 신돈은 왕과 함께 평상에 마주 앉아 이야기를 하고 있었다.

이존오는 분기 탱천하여 신돈을 향해 호통을 쳤다.

---

35) 고려 문하성·첨의부·도첨의사사·도첨의부·문하부의 정·종4품, 또는 종3품의 낭사 관직.

"이 늙은 중놈아, 이 어찌
방자 무례하더냐."

"냉큼 내려오지 못하겠는
가."

신돈이 겁에 질려 평상에
서 급히 내려왔다. 왕은 더욱
진노하여 선생을 옥에 가두
었다. 신돈의 무리들이 그를
죽이고자 했다.

이존오정려
(충남 부여군 부여읍 자왕리)
세워진 시기는 미상이며 1855년에 중건되었다.

우리나라는 태조 이래 지금까지 일찍이 한 명의 간관도 죽인 일이 없는
데 이제 만일 간관을 죽이게 되면 악한 소리가 멀리 전파될 것이니 어찌
두렵지 않으리오.

－『고려사』권112 열전 25. 이존오

이색의 극구 변명에 선생은 극형을 면했다. 이로 인해 선생은 장사
현감[36]으로 좌천되었다. 장사는 전라북도 고창군의 옛 지명이다.

미치고 망령된 이 몸 참으로 바닷가에 버려질 만한데
성은이 하늘 같아서 전원에 돌아가도록 하시었네
초가집에서 내 뜻대로 즐겁게 살아가니
한 조각 붉은 마음 예년의 곱절되어라

－ 종편후증제존사(從便後弟存斯)[37]

---

36) 고려 · 조선 때 현의 우두머리 종 6품의 벼슬.
37) 서거정, 박성규 역주, 앞의 책, 201쪽.

부여 의열사
(충청남도 문화재 자료 제14호, 충남 부여읍 동남리 산 3)
백제 충신 성충, 흥수, 계백, 고려 말 충신 이존오 그 뒤 정택뢰, 황일호
도 함께 배향되었다.

　내침을 받아 좌천되어 갔는데도 원망하는 말이 없고 충성심만 높아
간다고 했다. 그의 곧은 성격을 알 수 있다.

　그는 공민왕 17년(1368)에는 벼슬에서 물러나 공주 석탄에 은거했다.
이때부터 호를 석탄이라 했다.

　공민왕 20년, 선생의 병은 더욱 심해졌다.

　몸을 추스르며 물었다.

　"신돈의 세력이 아직도 성하느냐?"

　"그렇다."

　"신돈이 죽어야만 내가 죽을 것이다."

　그 말을 하고 바로 숨을 거두었다. 울화병이었다.

　사람들은 석탄을 '진정 나라의 정언(正言)'이라고 칭송했다.

그의 나이 32세였고 그가 죽은 3개월 후, 신돈이 처형당했다. 시조 3수가 『청구영언』에 전하고 『석탄집』 2권이 전한다.

이존오는 사재시승을 지낸 길상의 아들로 자는 순경이고 호는 석탄 · 고산이며 본관은 경주이다. 학문이 뛰어나고 성격이 곧았으며 성균시에 합격하여 국자[38]진사[39]가 되었다. 이후 문과에 급제하였고 수원서기를 거쳐 사관에 발탁되었으며 공민왕 15년(1366), 25세에 우정언[40]이 되었다.

왕은 그의 충성을 기려 성균관 대사성에 추증했고 그의 아들 래에게 "간관 이존오의 아들 안국(諫官存吾之子 安國)"이란 글을 써서 하사했다. 여주 고산서원, 부여 의열사, 공주의 충현서원, 무장 충현사에 봉향되었다. 부여읍 저석리 저동마을에 정려가 세워져 있다.

> 이존오는 공민왕 9년 급제하여 사한에 선발되니 정몽주 · 박상충 · 이숭인 · 정도전 · 김제안 등과 더불어 벗하고 친하여 강론함이 쉴 날이 없으니 사람들이 모두 칭송하였다.
> ─ 『고려사』 권 112 열전 25. 이존오

학문에 대한 그의 열정은 이랬다. 학문을 사랑했던 그가 신돈의 전횡

---

38) 국자감, 고려시대에 유학을 가르치던 최고의 국립 교육 기관.
39) 고려시대에 과거의 문과 가운데 제술과에 합격한 사람에게 주던 칭호. 고려시대에 국자감시에 합격한 사람.
40) 고려시대 중서문하성에서 조칙을 심의하고 임금에게 간하여 잘못을 바로잡게 하는 간쟁을 맡아보던 낭사의 종6품 벼슬.

충현서원
(충청남도 문화재 자료 제60호. 충남 공주시 반포면 공암리 381)
주자 영정을 중앙에 모셨고 좌우에 성현 이존오·이목·성제원·서
기·조헌·김장생·송준길·송시열 등 8분의 위패를 모셨다.

을 개탄하다 32세의 젊은 나이로 세상을 떠났다. 대쪽 같았던 그였기
에 사람들은 그의 죽음을 더욱 안타까워했다. 그 젊은 죽음은 사람들
로부터 진정한 '정언'이라는 칭송을 얻었고, 그의 아들은 '간관 존오의
아들'이라는 왕의 친필까지 하사 받았다.

그가 십여 세 때에 지은 「강창(江漲)」이란 시가 있다.

    넓은 들 모두 잠겼는데
    고산만이 홀로 굴복하지 않았네

그의 지조와 절개를 엿볼 수 있는 시이다. 고산은 여주에 있는데 이
존오가 살았던 곳이다. 고산은 그의 호이기도 하다.

그는 일찍 부모를 여의었다. 모습이 단정하고 과묵했으며 힘써 공부
하고 뜻이 굳었다.

언젠가 형이 도적에게 잡혀 죽었다. 그는 여러 달 걸려 형의 시체를 찾아 관에 고발했다. 그리고 도적들을 모조리 잡아들였다.

그의 삶은 진정한 인생의 보증서였다.

'어떻게 국민들을 사랑해야 하는가 국민들은 또 어떻게 살아가야 하는가'를 보여주고 있다. 충직한 이가 있어야할 절실한 시대이다.

서견의 「암반 설죽 고죽…」

巖盤 雪中 孤竹 반갑고 반가왜라
뭇노라 孤竹아 孤竹君의 네 엇더닌다
首陽山 萬古淸風에 夷齊 본 듯ᄒ여라

—『악학습영』1003,『청구영언』(진본) 456

서견(徐甄, ?~?)

고려시대의 문신으로 호는 여와다. 고려 말기에 조준·정도전을
탄핵하다 유배되었고, 조선 개국 후 청백리에 뽑혔으나 금천에 은
거, 절의를 지켰다. 한시 1수, 시조 1수가 전한다.

◆ 어휘풀이

암반 설중 고죽 : 바윗 사이 눈 속의 외로운 대나무

반가왜라 : 반갑구나.

고죽군 : 백이·숙제의 아버지

엇더닌다 : 어떤 관계냐.

만고청풍 : 만고에 빛나는 이제의 절개

절의의 은사, 서견

    서견은 공양왕 때의 문신으로 생몰 연대가 분명치 않다. 호는 여와, 본관은 이천이다. 고려 초 서희의 후손으로 서찬의 아들이다. 안향의 문인으로 1369년(공민왕 18) 문과에 급제하여 1391년 사헌장령[41]이 되었다. 정몽주 · 강회백 · 김진양 등과 함께 조준 · 윤소종 · 오사충을 탄핵하다 정몽주가 살해당하자 김진양 · 이숭인 · 이종학 등과 함께 유배되었다. 한때 이색 · 원천석 · 길재 등 고려 절신들과 함께 기울어가는 고려를 시와 술로 위로하며 지내기도 했다.

    선조 때 대사간에 증직되고 충신묘에 봉해졌으며, 충현서원 · 삼현사, 두문동 서원과 경현사 등에 제향되었다. 그는 일찍이 원천석 · 범세동 · 탁신 등과 함께 『동방사문연원록』, 『화해사전』을 편집, 저술하기도 했다.

    조선 개국 후 풀려나 청백리에 녹선[42]되었으나 금천에 은거, 절의로 일생을 마쳤다. 고려를 그리워한 한시 1수와 자신을 고죽(孤竹)에 비긴 시조 1수가 남아 전한다.

---

41) 고려 때 사헌부에 딸린, 감찰업무를 담당한 종4품 벼슬.
42) 벼슬 따위에 추천되어 관리로 뽑힘.

암반 설중 고죽 반갑고도 반가워라
　　묻노라 고죽아 고죽군에 네 어떤 인가
　　수양산 만고청풍에 이제 본 듯하여라

　바위 사이 눈 속의 외로운 대나무가 반갑고도 반갑구나. 묻노라. 외로운 대나무야. 백이 · 숙제의 아버지와 어떤 관계이더냐. 만고에 빛나는 수양산 백이 · 숙제의 절개를 보는 듯하구나.

　자신을 설죽, 고죽으로 빗대어 노래했다. 고죽은 백이 · 숙제 아버지와 무슨 관계냐고 물은 다음 고죽을 보며 수양산의 빛나는 이제의 절개를 보는 듯하다고 했다. 결국 자신의 충절이 백이 · 숙제와 같다는 것이다.

　백이와 숙제는 고죽 국왕의 아들이다. 아버지가 차남인 숙제를 왕으로 세우고자 했으나 죽었다. 숙제는 맏형인 백이에게 왕의 자리를 양보했다. 그러자 백이는 '아버지의 명령이었다'며 고죽국을 떠났다. 숙제도 따라 떠났다. 이 때 백이와 숙제는 주나라 서백창이 어른을 잘 모신다는 소문을 듣고 그를 찾아 의지하고자 했다. 그러나 서백창은 죽고 그의 아들 무왕이 종주국인 은나라를 정벌하려고 했다. 백이와 숙제는 무왕의 말고삐를 잡고 간했다.

　"부친이 돌아가셨는데 장례를 치르지 않고 전쟁을 일으키니 효라 말할 수 없고, 신하로서 군주를 치려 하니 어찌 인이라 하겠습니까?"

　무왕이 그들의 목을 치려고 하였다.

　그러나 태공은 이들은 의인들이라 하여 만류했다.

　그 후 무왕이 종주국 은을 평정하여 천하는 주 왕실을 종주국으로 섬

겄다. 주나라는 은나라의 속국이었으나 무왕이 은의 폭군 주를 몰아내고 건국, 종주국이 되었다.

백이와 숙제는 주나라의 곡식을 먹지 않고, 수양산에 들어가 고사리를 캐먹다 굶어 죽었다.

서견은 이태조가 창업하여 한양에 도읍하자 다음과 같은 시를 지었다.[43]

천년의 도읍은 이미 아득하구나
수많은 충량들 명군을 도왔는데
삼국 통일한 공은 어디에 있는가
문득 전조의 짧은 왕업이 한스럽구나

태종 임진년에 대간[44]이 그 시를 올리면서 국문하기를 청하였다.

"고려의 신하가 그 군주를 잊지 못하고 시를 지어 사모하는 것은 곧 정이다. 우리 이씨라고 어찌 능히 천지와 더불어 무궁하겠는가? 우리 조정의 신하 중에도 이와 같은 사람이 있다면 기쁠 것이다."

임금이 정색하며 말했다.

대간이 뒤에 다시 청원했다.

"이는 이제와 같은 사람이니 상을 주어야지 벌을 줄 수 없다."[45]

서견도 여느 충신처럼 절의를 지키며 일생을 은사로 마쳤다. 기울어

---

43) 『신증동국여지승람』 금천현 조.
44) 조선시대에 사헌부 · 사간원의 벼슬을 통틀어 일컫는 말.
45) 하겸진 저, 기태완 · 진영미 역, 『동시화』(아세아문화사, 1995), 38쪽.

져 가는 고려를 붙들고자 했으나 도도한 강줄기를 되돌릴 수는 없었다. 그를 기억해 줄 빛바랜 주춧돌도 남아 있지 않다. 빛나는 절의만이 남아 시 1수를 후세에 전해줄 뿐이다.

2장

제2기 시조
(태조 1392 ~ 성종 1494)

정치적으로 통치체제가 정비되어 가는 시기이다. 태조(1392)에서 성종(1494)까지 약 100여 년간이다.

　이 시기에 태조의 한양 천도, 태종의 왕권 강화, 세종의 한글 창제, 세조의 왕권 구축, 성종의 『경국대전』 완성 등 비로소 법치 국가의 면모를 갖추게 된다. 성리학을 중심으로 통치 질서의 개편이 이루어지는 시기이며 성종대 사림파가 등장하기까지 훈구파의 집권기이기도 하다.

　고려의 멸망과 조선 건국이 맞물린 초기에는 고려 왕조에 대한 회고나 조선 창업에 대한 송축가, 사육신의 충절가 등이 나타나고 있으며 국가의 기틀이 잡히고부터는 무인의 위국충절, 불사이군의 군신 관계 같은 유교의 윤리관이 주종을 이루고 있다. 이 때의 작품들은 국가에 대한 대의명분이 우선시되고 있어 역사적 사건이나 시대상이 시조에 사실적으로 투영되어 있다.

　자연에의 귀의나 남녀 간의 애정 문제 같은 개인적인 삶을 다룬 시조들도 나타나고 있으나 당대의 시대상이나, 윤리관을 크게 벗어나 개인적인 자각에는 이르지 못하고 있다.

원천석의 「흥망이 유수하니 …」

興亡이 有數ᄒ니 滿月臺도 秋草로다

五百年 王業이 牧笛에 부쳐시니

夕陽에 지나는 客이 눈물 계워 ᄒ노라

– 『악학습영』 515, 『청구영언』(진본) 363

원천석(1330, 충숙왕 17~?)

고려 말·조선 초의 문인·학자로 본관은 원주, 호는 운곡, 자는 자정이다. 종부시령을 지낸 윤적의 아들로 원주 원씨의 중시조이다. 고려 말의 어지러운 정치를 보고 치악산에 들어가 평생을 은사로 살았다. 문집으로 『운곡시사』가 전해지고 있다.

◆ 어휘풀이

흥망이 유수ᄒ니 : 흥하고 망함이 운수에 매어 있으니

만월대 : 송악산 개성 남쪽 기슭에 있는 고려 궁궐터

추초로다 : 가을풀이 우거져 있다. 황폐해져있음을 비유한 말

오백년 왕업 : 고려 오백년간의 왕업

목적 : 목동들의 피리 소리

부쳐시니 : 남아있으니, 깃들어져있으니

석양 : 저녁 빛, 고려 왕조의 몰락

객 : 길손, 나그네,

눈물 계워 : 눈물을 참지 못해

만대의 스승, 원천석

운곡에 대한 자세한 기록은 없다. 1,144편의 시가 실린 『운곡시사』가 전해지고 있을 뿐이다.

운곡은 1330년, 충숙왕 17년에 개성에서 차남으로 태어나 춘천에서 어린 시절을 보냈다. 수재로 이름이 났으며 성장하면서 유학에 정진, 학문과 문장으로 경향 각지에 이름을 떨쳤다.

31세에 군역 면제를 위해 국자감시[1]에 응시하여 합격했다. 그러나 고려 말 어지러운 정세를 보고 치악산에 들어가 평생을 은사로 살았다.

30대에 그는 힘든 삶을 보냈다. 딸, 아들, 부인을 잃었다. 이후 운곡은 평생을 재혼하지 않았다. 40세 전후에 많은 여행을 했으며 50세 전후해서는 친척, 승려, 학자, 제자 등과 교우하면서 많은 시문을 주고받았다. 50세 중반부터 병고에 시달렸고 65세를 마지막으로 그 이후에 대한 그의 시의 기록은 없다.

> 흥망이 유수하니 만월대도 추초로다
> 오백년 왕업이 목적에 부쳐시니
> 석양에 지나는 객이 눈물겨워 하노라

---

1) 고려 때 국자감의 진사를 뽑던 시험. 과목은 시와 부였다.

운곡 선생 시비
모운제 옆의 운곡 시비. 회고가 시조 4수가 음각되어 있다.

길재의 「오백년 도읍지…」와 함께 회고가로 불리워지고 있는 시조이다. 흥망은 운수에 달려있고 만월대의 대궐터는 가을풀이 우거져 있구나. 오백년 왕조는 목동의 피리 소리에 남아있고 석양에 지나는 객은 눈물을 감추지 못하겠구나.

새로운 왕조가 들어섰으니 이를 과거로 되돌릴 수는 없다. 오백년 왕조가 목동의 피리 소리에 남아 있을 뿐이다. 안타까움과 그리움에 석양의 객은 눈물을 흘릴 수밖에 없다. 조선이 개국한 후 개성을 둘러보며 회한에 차 이 노래를 불렀다.

운곡은 새 왕조에 출사를 거부했고 충신불사이군을 몸소 실천했다.

눈맞아 휘어진 대를 뉘라서 굽다턴고
구블 절(節)이면 눈 속에 프를소냐
아마도 세한고절(歲寒孤節)은 너뿐인가 하노라

충절가이다. 눈 맞아 휘어진 대를 누가 굽었다고 하느냐? 굽을 것 같으면 눈 속에 푸를 리가 있겠느냐? 아마도 엄동설한에 높은 절개를 지키는 것은 대나무 너뿐인가 하노라.

이성계 세력에 당당히 맞서지 못하고 외견상 굽히고 있는 것이지 속마음까지 굽히고 있는 것은 아니다. 굽었다면 눈 속에도 변치 않고 저리 푸르렀겠느냐. 추운 계절에 높은 절개를 지키는 것은 오로지 대나무뿐이라는 것이다.

이방원이 임금이 되고 나서 치악산의 스승, 운곡을 찾았다. 운곡은 몸을 피했다. 태종은 바위에 앉아 스승을 기다렸으나 끝내 만나지 못했다.

태종은 집 지키는 할머니를 불러 후히 선물을 하사하고 운곡의 아들 '형'에게 기천 현감 벼슬을 내렸다. 후세 사람들은 운곡을 기다렸던 바위를 태종대라 불렀다. 태종대는 치악산 각림사 위쪽에 있다.

태종이 세종에게 왕위를 양위하고 상왕이 되고 나서 다시 운곡을 불렀다. 그제서야 운곡은 노구를 끌고 와 백의의 차림으로 태종을 만났다.

태종은 여러 손자들을 불렀다.

"우리 손자들이 어떠하오."

선생은 한 아이를 가리키며 말했다.

"이 아이가 조부를 몹시 닮았으니 모름지기 형제를 사랑하라."

그 아이가 뒷날의 수양대군, 세조였다. 나라의 운명을 내다보는 선생의 식견은 선견지명이 있었다.

그는 현실을 증언한 망국의 야사 6권을 저술했다. 그가 유언을 남겼다.

"자물쇠를 채운 이 상자를 가묘에 감춰 잘 지키거라."

증손대에 이르러 그 궤를 열어보니 정사와는 달랐다. 멸족이 두려워 후손들이 이를 모두 불태워 버렸다. 1,144수의 시『운곡시사』만이 남아 있다.

이 문집은 22세, 1351년에 시작하여 65세, 1394년까지 44년간 쓴 시가 수록되어 있다. 역사적 사실과 이에 대한 소감을 읊었는데, 선생은 누구한테도 비난의 글을 쓰지 않았고 사실만을 기록했다. 퇴계 선생이 믿을 만한 역사라 한 것도 그런 이유에서였다. 『운곡시사』라도 남아 일부 역사를 증언하고 있으니 불행 중 다행한 일이다.

창왕은 고려 33대 왕으로 우왕의 아들이고 재위기간 1년이다. 1388년 이성계는 위화도 회군 후 왕씨의 소생이 아니라는 이유로 폐하고 왕씨 중 다른 분을 추대하려고 했다. 그러나 이색, 조민수 등의 강력한 항의로 창왕이 왕위에 올랐다. 이성계가 실권을 장악하자 창왕을 폐하고 강화도로 쫓아낸 뒤 정창군(공양왕) 요를 세웠다. 그리고 1389년 12월 우왕은 강화도에서 창왕은 강릉에서 죽임을 당했다. 운곡은 이를 지나칠 수 없었다.

전왕 부자가 각기 헤어져
만리 동쪽과 서쪽 끝으로 갔네.
몸 하나야 서인으로 만들 수 있지만
올바른 이름은 천고에 바꾸지 못하리라.

할아비 왕의 믿음직한 맹세가 하늘에 감응했기에

원천석 묘소(강원도 기념물 제75호, 강원 원주시 행구동 산 37)
무학대사가 이 터를 잡아주었다고 한다.

그 끼친 은택이 수백 년을 흘러 전했었네.
어찌 참과 거짓을 일찍이 가리지 않았던가.
저 푸른 하늘만은 거울처럼 밝게 비추리라.

'이 달 15일 나라에서 정창군을 세워 왕위에 올리고 전왕 부자는 신돈(辛旽)의 자손이라 하여 폐위시켜 서인을 만들었다는 말을 듣고', 폐가입진론에 운곡은 우·창왕 부자가 공민왕의 왕자임을 시로 남겨 이성계 일파의 계략이 거짓임을 기록했다. 만일 왕씨의 혈통으로 참과 거짓이 문제된다면 왜 일찍부터 분간하지 않았던가 하고 힐문하면서 저 하늘의 감계가 밝게 비추리라고 말하였다. 또한 「나라의 명령으로 전왕 부자에게 죽음을 내리다」라는 제목의 시를 남겨 당시의 잘못된 역사를 증언하고 있다.

「석경묘소 사적의 운곡 선생 묘갈전」에 허목은 선생을 다음과 같이 말했다.

'선생은 비록 세상을 피해 스스로 숨어 살았지만 세상을 잊은 것은 아니다. 도를 지키며 두 마음을 가지지 않음으로써 그 몸을 깨끗이 한 것이다. (…중략…) 암혈에 사는 선비는 물러나는 때가 있으니 비록 세상에 참예하지 않아도 그 뜻을 굽히지 않고 그 몸을 욕되게 하지 않는다. 가르침을 후세에 세우는 것은 우·직이나 백이·숙제가 한가지이다. 선생은 백대의 스승이라고 할 만하다.

운곡 원천석 묘갈(1670년(현종 11년) 건립) 허목이 글을 짓고 이명은이 글씨를 썼다.

출사하기에는 부적절한 시대에 태어난 운곡. 그는 홀로 농사를 지으며 실천궁행한 실천인이었으며 참다운 선비였다. 충국·애국하는 마음으로 한 생애를 티끌 없이 살았던 참 학자였다. 그래서 후세 사람들은 그를 일컬어 만대의 스승이라고 했다. 절개를 굽히지 않는 마음은 예나 지금이나 소중하고 고귀하다. 운곡은 그것만으로도 영원한 스승이라 할 만하다.

묘소는 원주시 행구동 석경촌에 있다. 칠봉서원에 사액, 영을 모셨으나 지금은 터만 남아있다. 원씨 문중 재실인 모운재, 그 옆에 운곡 선생 시비도 세워져 있다. 태종을 피하여 은거했다는 바위굴, 변암이 있고, 운곡 선생이 은거했던 '누졸재 터가 있고', 각림사 옛터, 구연 등이 있어 후세 사람들에게 절의의 정신을 일깨워주고 있다.

정도전의 「선인교 나린 물이…」

仙人橋 나린 물이 紫霞洞에 흘너 드러
半千年 王業이 물 소리 쑨이로다
아희야 古國興亡을 무러 무슴 ᄒᆞ리오

─『청구영언』(홍씨본) · 33, 『청구영언』(가람본) · 33

정도전(1342, 충혜왕 복위 3~1398, 태조 7)

고려 말 · 조선 초의 정치가 · 학자로 본관은 봉화. 자는 종지, 호
는 삼봉이다. 태조 이성계를 도와 일등 개국 공신이 되었고 1394년
『조선경국전』을 편찬하여 조선 법제의 근본을 이루었다. 이방원에
의해 피살되었다. 문집으로 『삼봉집』이 있다.

◆ 어휘풀이

선인교 : 개성의 자하동에 있는 다리 이름
자하동 : 개성 송악산 기슭에 있는 고을 이름
반천년 왕업 : 오백년 동안의 고려의 왕통
고국흥망 : 고려의 흥망성쇠
무슴 : 무엇

당대의 경세가, 정도전

선인교 나린 물이 자하동에 흐르니
반천년 왕업이 물소리뿐이로다
아희야 고국흥망을 물어 무엇하리오

정도전의 회고가이다. 자하동은 송악산 기슭의 골짜기를, 선인교는 개성의 자하동에 있는 다리를 말한다. 경치가 빼어난 선인교 아래의 자하동, 반천년 찬란했던 고려의 왕업은 한낱 물소리뿐이로다. 그리움, 감상 따위가 무슨 필요가 있고 고려의 흥망을 물어 무엇하겠느냐.

고려를 무너뜨린 승자의 변명답게 의연하기까지 하다. 길재, 원천석의 회고가와는 달리 승자의 회고가는 웬지 씁쓸하게 느껴진다.

살아온 만큼이나 정치 역정도 파란만장했던 풍운아, 정도전. 조선 건국의 일등 공신치고는, 정치 일선의 화려한 등장치고는, 혁명가의 말로는 비참했다.

1398년 태조 7년 하륜이 충청도 관찰사 임지로 떠나는 날 송별 차 이방원이 하륜의 집을 들렀다. 하륜도 이방원에게 마침 작별 인사를 하려고 나서려던 참이었다.

이방원은 하륜에게 송별주 한 잔을 권했다. 하륜은 고의로 이방원의 옷자락에 술을 엎질렀다. 전송하러 나온 대군에게 술잔을 엎지르다니. 이 얼마나 무례한 짓인가. 이방원이 버럭 화를 내고는 나가버렸다. 하

정도전 시비
(서울시 종로구 훈정동 종묘공원, 출처: 개미실 사랑방 블로그)

륜은 손님들에게 대군께 사과드리고 오겠다고 말하고는 대군의 뒤를 쫓았다.

"이목을 피하기 위해 고의로 술잔을 엎질렀나이다. 사태가 위급하오니. 용서하소서."

"정도전 일파가 대군의 형제들을 제거한다는 소문이 있사옵니다."

지모가 뛰어난 하륜은 이방원에게 계책을 말해 주었다. 사저로 돌아와 아무 일 없었다는 듯 하륜은 빈객들과 술잔을 주고 받고는 자신은 임지로 떠났다.

방원은 하륜의 지략대로 안산 군수 이숙번을 불렀다. 별초군을 동원시켜 야음을 틈타 기습, 정도전 일파를 도륙했다. 그리고 강씨 소생 세자 방석과 방번도 귀양 보내는 척, 중도에서 살해했다. 이를 '제1차 왕자의 난'이라고 한다. 이방원은 정도전의 신권 신장과 방석의 세자 책봉에 불만을 품고 있었다. 조선의 창업, 문물제도 정비 등 혁혁한 그의 공에도 불구하고 정도전의 죽음은 참으로 허망했다. 이방원의 권력욕이 빚어낸 참극이었다.

태조는 사랑하는 강비 승하 후 병까지 얻었다. 그런 태조에게 공신과 사랑하는 자식 세자와 방번까지 무자비하게 죽였으니 태조의 방원에 대한 분노는 극에 달했다. 방원은 조금도 동요하지 않았다. 왕권의 안정을 위해 불가피한 조처였다고 강변했다. 태조는 왕위를 둘째 아들 방과에게 물려주고 자신은 골육상잔의 현장인 한 많은 서울을 떠났다.

정도전의 호는 삼봉, 본관은 봉화이다. 이색의 문하로 정몽주·이숭인 등과 성리학을 강론했고 성균관 박사, 태상박사[2]를 지냈으며 친명론을 주장하다 유배당하기도 했다. 복권 후 교육과 학문에 심혈을 기울인 당대의 석학이었고 경세가였으며 문필가, 사상가였다. 벼슬은 삼도총제사[3]에 이르렀다.

조선 건국의 일등공신으로 문물제도 정비 등 건국 사업에 크게 공헌했고 성리학 저서와 병서, 경세서, 철학서 등 많은 저술이 있다. 『조선경국전』, 『경제문감』을 지었으며, 『불씨잡변』을 저술하여 배불 숭유의 이론적 기초를 확립하기도 했다. 문집으로 『삼봉집』이 있으며 외에 송축가 「문덕곡」·「신도가」·「납씨가」·「정동방곡」 등의 악사가 있다.

---

2) 고려 때, 태상시에 딸린, 제사 및 시호의 일을 맡아보던 정6품의 벼슬

3) 고려시대 삼군도총제부의 사령관. 삼군도총제부는 전·후·중·좌·우의 5군을 1391년(공양왕 3)에 중·좌·우의 3군으로 개편한 것으로서, 이성계가 군권을 완전히 장악하기 위하여 설치한 기구이다.

정도전 집터
(서울시 종로구 수송동 146-29 종로구청 별관 앞, 출처: 개미실 사랑방 블로그)

태조는 처음에 도읍지를 계룡산 신도안에 잡았으나 유관의 정도론에
따라 한양으로 도읍을 정했다.

무학대사는 인왕을 진산으로 동향 궁궐을, 정도전은 백악을 진산으
로 남향 궁궐을 삼아야한다고 주장했다. 결국 정도전의 주장을 받아들
여 백악을 진산으로 삼아 궁궐터를 잡았다. 신라 의명대사의 이런 예
언이 있었다.

한양에 도읍을 정할 때 정씨 성을 가진 사람이 시비를 건다면 5대를 지
나지 못해 왕위를 찬탈하는 화가 일어날 것이며 200년 만에 온 나라가 분
탕질당하고 난리를 당할 것이다.
— 최범서, 『야사로 보는 조선의 역사』에서

무학은 온몸에 소름이 끼쳤으나 정도전의 주장을 말리지는 못했다.
결국 의명대사의 예언대로 왕자의 난이 일어났고 개국 200년 만에 임진왜란이 일어났다.

정도전. 한 때 이색을 스승으로 섬기고 정몽주·이숭인과 우정이 매우 두터웠다. 친구 정몽주와 이숭인은 죽임을 당했고 정도전은 찬란한 역성 혁명의 주역이 되었다. 이런 정도전도 훗날 이방원에게 무참히 살해 당했다.

도은 이숭인과 삼봉 정도전은 한때 이름을 같이 날리던 문사였다. 이숭인 시는 청신하고 고고하지만 웅혼함이 부족했고, 정도전의 시는 호일하고 분방하지만 단련함이 적었다. 서로 간에 장단점이 있었다. 목은 이색이 시를 평할 때는 이숭인을 앞세우고 정도전을 뒤로 하였다.

하루는 목은이 도은의 「오호도(嗚呼島)」 시를 보고는 극구 칭찬하였다. 며칠 후 삼봉 또한 「오호도」를 지어 목은을 찾아가 말하였다.

"우연히 옛사람의 시고 중에서 이 시를 얻었습니다."

"이것은 진실로 잘 지은 시이다. 그러나 그대들도 이러한 시를 지을지라도 도은과 같이 수준 높은 시는 흔하게 지을 수 없을 것이다."

뒷날 삼봉이 국정을 담당하게 되었을 때 목은이 여러 번 위기에 처하였다가 겨우 죽음을 면하였고, 도은은 끝내 화를 당했다. 논자들은 이를 두고 말했다.

"필시 「오호도」 시가 동티가 되었을 것이다."[4]

문무를 겸비하였고 성격이 호방하고 혁명가적 성격을 갖고 있었던 정도전. 개국과정에서 자신의 위치를 한나라 장령에 비유하면서 한고

---

4) 서거정 편찬, 박성규 역주, 『동인시화』(집문당, 1998), 80쪽.

조가 장량을 이용한 것이 아니라 장량이 한고조를 이용하였다고 하면서 실질적인 개국의 주역은 자신이라고 믿었다.

　어떻게 사는 것이 바른 삶인지 그의 일생은 우리에게 의미 있는 물음을 던져주고 있다. 아직도 씁쓸한 면을 감출 수 없는 것이 우리의 한계인지 모른다.

夕陽에 醉興을 계워 나귀 등에 실려시니

十里 溪山이 夢裡에 지내여다

어듸셔 數聲漁笛이 줌 든 날을 씨와다

－『악학습영』 806, 『청구영언』(진본) 422

조준(趙浚, 1346, 충목왕 2～1405, 태종 5)

고려 말·조선 초의 문신으로 자는 명중, 호는 우재 또는 송당, 시호는 문충이다. 고려 말 전제개혁을 단행하여 조선 개국의 경제적인 기반을 닦고, 이성계를 추대하여 개국 공신이 되었다. 태종을 옹립하는 데 큰 공을 세웠다. 문집으로 『송당집』이 있다.

◆ 어휘풀이

계워 : 이기지 못하여

십리 계산 : 십리나 뻗친 계곡과 산

지내여다 : 지내었다.

몽리 : 꿈속

수성어적 : 몇 줄기 어부들이 부는 피리 소리

전제개혁의 주역, 조준

준이 어렸을 때의 일이다.

하루는 과거에 급제한 사람이 '물렀거라', 벽제소리하며 준의 집 앞을 지나갔다. 어머니가 그 모습을 보며 탄식했다.

"아무리 자식이 많은들 무슨 소용 있으리, 과거에 급제한 사람 없으니."

"어머니, 소자가 반드시 급제하여 가문을 빛내겠나이다."

준은 공민왕 23년에 과거에 급제했다.

그가 강원 감사로 부임하던 도중 정선에 이르러 시 한 수를 읊었다.

> 동해를 씻어놓을 날이 있으리니
> 백성은 눈을 씻고 맑아지기를 기다리리라

이렇게 그는 큰 뜻을 품고 있었다.

이성계가 즉위하던 날 밤이었다. 이성계는 침실로 은밀히 그를 불렀다.

"경은 옛날 한문제가 즉위할 때 송창으로 장군을 삼아 남북군을 진무하게 한 뜻을 아는가."

"알고 있나이다. 전하"

이성계는 조준을 송창에 비유하여 한나라의 고사를 들었다.

"5도 병마가 경의 손에 달렸노라."

이성계는 조준에게 은인과 동궁을 주면서 5도 도통사[5]를 맡겼다.

조선 개국 후 정도전과는 정치적 입장을 달리했다. 정도전은 세자 책봉에 대하여 방석을 지지하였고 조준은 개국에 공이 많은 방원을 지지하였다. 그의 정치적 입장은 자연스럽게 방원의 편에 서게 되었다.

태종이 정안군으로 있을 때였다. 조준의 집 앞을 지날 때 정안군을 중당으로 모셔 약주를 대접해 드렸다. 이 때 정안군에게『대학연의』책 한 권을 권해드렸다.

"이 책 한 권은 나라를 다스릴 만할 것이옵니다."

조준은 1400년 정종 2년에 민무구 · 민무질의 무고로 투옥된 적이 있었다.

"태상왕께서 개국하신 이후 주상이 왕위를 이으시고 불초 제가 세자가 되어 오늘에 이르기까지 아무 일도 없었습니다. 그것은 조준의 공이라 하겠습니다. 이 사람에게 죄를 주어 죽인다 해서 충성될 게 무에란 말입니까?"

이렇게 해서 조준은 이방원에 의해 석방되었다.

태종이 왕위에 오르자 즉시 조준을 영의정으로 삼았으며 평양 부원군에 봉했다. 그가 죽은 후 태종은 조회를 보지 않고 통곡했으며 태자를 데리고 친히 조상했다.

조준은 고려 말 · 조선 초의 문신으로 본관은 평양 호는 우재 · 송당

---

5) 고려 공민왕 18년에 각 도의 군대를 통솔하기 위하여 둔 무직.

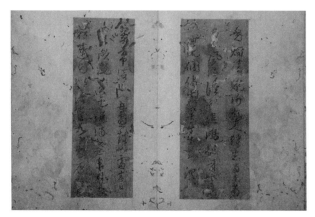

조준 친필(출처: 한국학중앙연구원)

이다. 고려 말 전제개혁을 단행하여 조선 개국의 경제적인 기반을 닦았고, 이성계를 추대하여 개국 공신이 되었다. 이방원의 세자책봉을 지지했으며 태종을 옹립하는 데 많은 공을 세웠다.

그는 37살에 병마 도통사 최영의 휘하에서 체찰사[6]로 왜구를 토벌했고 정몽주 일파의 탄핵으로 정도전 등과 함께 체포되어 귀향가기도 했다. 조선의 토지제도는 조준의 전제개혁에 의해 정비되었고 또한 하륜 등과 함께 우리나라 최초의 법전『경제육전』을 편찬했다. 이『경제육전』이『속육전』·『육전 등록』 등으로 보완되어 훗날『경국대전』 편찬의 토대가 되었다.

그는 사학을 잘하고 경학과 시문에도 능했으며, 문집으로『송당문

---

6) 고려시대 난리가 났거나 비상사태가 발생하였을 때, 임금의 명령을 받아 각 도를 순방하며 군사와 행정에 관한 일을 점검하던 임시 벼슬. 또는 그 벼슬아치를 이름.

집』이 있다. 태조의 묘정에 배향되었고 시호는 문충이다. 시조 2수가 전한다.

> 석양에 취흥을 겨워 나귀등에 실렸으니
> 십리 계산이 몽리에 지내여다
> 어디서 수성어적이 잠든 나를 깨와라

저물녘 취흥을 이기지 못해 나귀 등에 올라탔으니 십 리에 뻗힌 계곡과 산길을 오는 동안 어느 틈에 깜박 잠이 들었다. 어디선가 몇 마디 어부의 피리 소리에 그만 잠을 깨고 말았구나. 이 시조는 남창가곡 계면조 삼수대엽으로 부르고 있다. 초수·이수대엽 다음에 부르는 세 번째 곡이다. 『가곡원류』에서는 삼수대엽의 음악적 형용을 '장군이 멀리 싸움터로 출정하고, 춤추는 칼이 도덕을 무찌른다'고 묘사되어 있다. 그의 호탕한 기개를 엿보는 것 같다.

> 술을 취케 먹고 오다가 공산에 자니
> 뉘 날 깨우리 천지즉금침이로다
> 광풍이 세우를 몰아 잠든 나를 깨운다

술을 취하게 먹고 오다가 인적 없는 산속에서 잠들었는데 누가 감히 잠든 나를 깨우는가. 하늘과 땅이 곧 이불이고 베개인데 사나운 바람이 가랑비를 몰고 와서 잠든 자를 깨우는도다.

위 두 시조 모두가 술에 관한 호탕한 시조이다. 이젠 창업도 끝나고 한 국가로서 자리를 잡아갈 무렵 개국 공신, 조준도 한 잔 술로 긴장된 마음을 풀고 싶었을 것이다. 그러나 현실은 그냥 잠들게 놔두지 않았다. 잠든 나를 깨운 것은 수성어적이나 광풍이 아니라 자신이 몸담고 있는 현실이었다. 강호의 흥취에 젖어 노닐 때가 아니었다.

준의 동생 윤(胤)이 있었다. 나라가 바뀌자 윤은 이름을 견(狷)으로 바꾸었다. 논어의 '견자유소불위(狷者有所不爲)'에서 따온 글자이다. 즉 '하지 아니하는 것이 있다'의 뜻이다. 이성계는 그의 재주를 아껴 호조전서[7]에 임명하고 등청하라는 글을 보냈다.

이 때부터 자를 종견(從犬)으로 지었다.

'나라가 망했는데 죽지 않음은 개와 같고 개는 그 주인을 따른다(從犬).'

견은 지리산에서 청계산으로 옮겼다. 날마다 그 봉우리에 올라 송도를 바라보며 통곡했다. 사람들은 이 봉우리를 가리켜 망경봉이라고 불렀다.

견이 죽음에 임박하여 자식에게 유언을 남겼다.

"내 묘표에는 반드시 고려조의 벼슬을 쓰고, 자손들은 새 조정에 벼슬하지 말라."

견이 죽은 후 새 조정에서는 추증한 벼슬을 비석에 새겨 세웠다. 그러나 벼락이 떨어져 그 비석이 깨져 버렸다. 그의 고손자 때에 와서 과거에 급제했다.[8]

---

7) 조선시대 호조의 장관. 호구 · 공부 · 전량 · 식화에 관한 일을 관장하던 호조의 최고 책임자.
8) 최범서, 『야사로 보는 조선의 역사』(가람기획, 2006), 52~53쪽.

동생 조견은 고려를 따랐고 형 조준은 조선을 따랐다. 형제는 서로 다른 길을 갔으나 동생은 빛나는 절개로, 형은 추하지 않은 변심으로 역사에 길이 남았다.

길재의 「오백년 도읍지를…」

五百年 都邑地를 匹馬로 도라드니
山川은 依舊ᄒ되 人傑은 간 듸 업다
어즈버 太平烟月이 꿈이런가 ᄒ노라

—『악학습영』54, 『청구영언』(진본) 364

길재(吉再, 1353년, 공민왕 2~1419, 세종 1)

고려삼은의 한 사람으로 본관은 해평, 자는 재보 호는 야은·금
오산인이다. 정몽주의 문하생으로 문과에 급제, 성균박사, 문하주
서 등을 지냈다. 고향에서 교육에 전념했으며 태종이 태상박사를
제수했으나 거절했다. 저서로『야은집』과『야은속집』, 언행록『야은
언행습유록』이 전해지고 있다.

◆ 어휘풀이

오백년 도읍지 : 고려가 오백년간 도읍했던 개성
필마 : 한 필의 말
의구 : 옛과 같아 변함이 없음.
인걸 : 뛰어난 인재
태평연월 : 태평한 세월
꿈이런가 : 꿈이던가.

충절의 사표, 길재

오백년 도읍지를 필마로 돌아드니
산천은 의구한데 인걸은 간 데 없네
어즈버 태평연월이 꿈이런가 하노라

정종 2년(1400) 그의 나이 48세. 송도로 천도한 직후였다. 화려했던
고려의 서울, 송도를 둘러보았다. 그 유명한 길재의 회고가는 이 때에
생겨났다. 심경이 얼마나 참담했으면 이런 노래를 불렀을까.

길재에게 태상박사를 제수했다. '신하는 두 임금을 섬기지 않는다'하
여 벼슬을 사양했다. 조정에서는 지조와 절개를 가상히 여겨 조신[9]을
허락하고 식읍[10]을 내렸다. 야은은 식읍으로 받은 밭 100결에 대나무를
심었다. 그의 절개는 이렇게 곧았다.

길재는 공민왕 2년(1353) 경상도 선산군 고아면 봉계리에서 태어났
다. 가난한 집안에서 태어났으나 매우 영민했다. 8세 때 부친이 어머니
와 함께 임지로 떠나게 되어 혼자 외가에 남았다.

어느 날 남계에서 가재를 잡았다. 어머니 생각에 석별가를 짓고는 울
었다. 마을 사람들은 '시골에도 이런 아이가 있는 줄 몰랐다'며 그의 영

---

9) 몸가짐을 조심함.
10) 식봉(고대 중국에서, 왕족, 공신, 대신들에게 공로에 대한 특별 보상으로 주는 영지).

길재 시조비, 회고가
채미정 정문 앞에 세워져 있다.

특함을 아끼지 않았다. 그는 어렸을 때부터 이렇게 효심이 깊었다.

　　가재야 가재야

　　너도 어미를 잃었느냐

　　나도 엄마를 잃었단다

　　삶아 먹을 줄 알건마는

　　어미 잃은 것이 나와 같길래

　　놓아주노라

18세 때에 박분에게 『논어』와 『맹자』를 배웠고 송도에 올라와서는 성리학의 대가 이색과 정몽주의 문하에 들어갔다. 권근과도 사제의 연을 맺었다. 이들과의 만남으로 야은은 성리학의 일대 계기를 마련했다.

　국자감에 들어가 생원시에 합격했고 사마시에도 올랐다. 학문과 더

불어 덕행도 깊어졌다. 권근은 '내게
와서 학문을 배우는 사람이 많지만 길
재가 독보'라고 말했을 정도이다.

길재는 31세에 신면의 딸과 결혼,
이듬해 부친이 별세하자 삼년상을 마
치고 금주에서 송도로 돌아왔다. 거
기에서 어머니를 모시며 명현들과 학
문을 닦았다.

34세 진사시에 급제했고 청주목의
사록에 임명되었으나 사양했다. 학문
에 더 큰 뜻이 있었기 때문이다. 이 때
조선조 태종, 이방원과 같은 마을에
살았고 성균관에서도 같이 공부했다.
이방원과는 학문뿐만 아니라 교분도

채미정 안에 있는 길재 유허비
(채미정, 명승 제52호, 경북 구미시 남통동에
있는 조선 후기의 정자)

매우 두터운 사이였다. 훗날 이방원은 조선조 창업으로 길을 갔고, 길
재는 고려조의 충신으로 길을 갔다.

35세 때 성균학정[11]을 지내고 익년에는 순유박사[12]에 올랐다. 그의
파격적 승진은 뛰어난 학문과 남다른 교육에 대한 열정 때문이었다.
이제 학문은 이색, 포은 못지 않았다.

---

11) 조선시대 성균관의 정8품 관직. 3인을 두었음.
12) 고려 후기에 유학 교육을 담당한 성균관의 종7품 관직.

우왕 14년(1388) 이성계의 위화도 회군 때 길재는 반궁, 태학관에서 고려조의 운명을 근심하며 다음과 같은 시를 읊었다.

> 용수산 동쪽 담장(나라)은 기울고
> 미나리 밭(泮宮)가에 푸른 버들은 축 쳐졌네
> 몸은 비록 남다른 것 없지마는
> 뜻은 백이 · 숙제처럼 마치고 싶구나

길재는 이렇게 고려의 충절을 지키고자 했다. 많은 귀족과 자제들이 다투어 그의 문하에 들어갔다. 두문동 3절사 조의생 · 배을서 같은 인물도 그의 문하에서 나왔다. 종사랑 문하주서[13)에 올랐으나 38세 때에 모든 벼슬을 버리고 고향 선산으로 돌아가 학문에 몰두했다.

어느 날 밤에 한 소녀가 문을 열고 들어왔다. 그녀의 이름은 약개였다. 남편은 변방으로 수자리를 살러 간 후 오래도록 돌아오지 않고 잠 못 이룬 겨울밤인지라 자연히 회포가 많아 이같이 담 넘는 짓을 하게 되었다고 말했다. 선생은 이 말을 듣고 회초리를 꺾어다가 매를 때리고 나서 정절과 수절의 뜻을 가르쳤다. 그녀는 수치스러워 얼굴을 붉히면서 물러갔다. 몇 해가 지난 후 그녀의 남편은 수자리 부역이 풀려 돌아왔는데 그의 처가 스스로 절개를 지키지 못하였으리라고 의심하여 일부러 밤에 와 문을 두드렸다. 그러나 그의 처는 기꺼이 문을 열지 않고 불빛을 비추어 남편의 모습을

---

13) 고려 때 문하부에 딸린 벼슬. 때에 따라 종7품 · 정7품이 되기도 했는데 그 이름도 내사주서, 중서주서, 도첨의주서, 첨의주서로 바뀌기도 했음.

살펴보고 나서야 맞아들였다.[14]

길재는 이렇게 행실을 몹시 엄하게 지켰다.

그는 불사이군, 절의와 충절의 길을 택했다. 인생의 제2기가 시작되었다. 길재는 다시는 출세에 뜻을 두지 않고 고향에서 학문에만 몰두했다. 조정에서는 그에게 계림부 교수[15]와 안변 경사 교수에 임명했으나 부임하지 않았다. 우왕이 하세하자 삼년상을 입었고 그의 나이 40세에 고려의 멸망을 향리에서 맞았다.

길재는 선산의 옛집에 돌아와 여러 차례 불러도 나가지 아니하였다. 우왕의 흉보를 듣게 되자 3년복을 입고 채과혜장을 먹지 아니하였으며, 어머니를 극진히 봉양하여 혼정신성을 폐하지 아니하고 반드시 맛있는 음식을 장만해 올렸다. 집안에 양식이 자주 떨어져도 늘 흔연하여 조금도 염려하는 기색이 없었으며 학도를 가르치되 효제충신·예의염치를 먼저 하였다. 상왕이 세자가 되자 불러들여 봉상박사의 직을 제수하니, 길재는 전문을 올려 진정하기를 "충신은 두 임금을 섬기지 아니한다 하였는데 신은 초래의 태생으로 위조에 신하되어 벼슬까지 받았으니 다시 또 거룩한 조정에 출사하여, 풍교에 누를 끼칠 수 없습니다." 하므로 상왕이 그 절의를 가상히 여겨 후한 예로 대접해 보내고 그 집 호세를 면제하도록 조치하였다.[16]

---

14) 하겸진 저. 기태완·진영미 역, 『동시화』(아세아문화사, 1995), 55쪽.
15) 조선시대의 종6품 관직. 호조·형조·관상감·전의감·혜민서·사역원에 설정된 잡학기술관직이다.
16) 『세종실록』 권3 세종 원년 4월 병술조의 길재.

길재 묘소
(경북 구미시 오태 1동)

그의 가난한 생활 형편은 어린 시절과 다름없었다. 부인이 금주의 옛집으로 돌아가자고 했으나 효심이 지극한 길재는 고향의 부모를 두고 떠날 수가 없었다. 보다 못한 군사 정이오가 오동동에 있는 논밭을 희사했다. 또한 이양이 율곡동의 전원으로 바꾸어 주고 감사 남공이 가묘를 지어 주었다. 길재는 비로소 안정을 되찾았다.

그의 나이 50세에 모친상을 당했고 장자 사문이 죽어 참쇠의 복을 입었다. 그리고 57세 때 스승 권근과 박분도 세상을 떠났다. 심상 3년을 행하였다. 이렇게 길재의 주자가례는 그 누구도 따를 수가 없었다.

이후 그는 본격적인 교육 활동을 전개했다. 학생들과 경전 토론, 성리 심학에 모든 열정을 쏟았다. 그의 서재에는 양반, 미천한 자제까지 하루에 100명이 넘었다.

길재 선생은 고려의 멸망을 슬피 여겨 문하주서 벼슬을 하직하고 일선 고을(선산) 금오산 아래 살면서 우리 조정에 벼슬 않기로 맹세하니 우리 조정도 역시 예로 대접하고 그 뜻을 빼앗지 아니하였다. 공은 그 고을 안의 여러 학도를 모아 두 개의 제실에 나누되 양반집 후손은 상제에, 마을의 천족은 하제에 두고 경서를 가르치며 부지런하고 게으름을 시험하니

삼은각
(충청남도 문화재 자료 제59호, 충남 공주시 반포면 학봉리 789)
포은 정몽주, 목은 이색, 야은 길재 삼은의 위패를 모신 곳.

수업하는 자가 매일 백 명의 수효를 헤아렸다.[17]

문하에는 성리학의 중추 사림파 김숙자가 있다. 절의 정신은 아들 김
종직에게 전해지고 김일손, 김굉필, 정여립, 조광조, 조식으로 이어져
우리나라 선비 정신의 한 전형을 이루었다. 임진왜란의 의병도 이 정
신에서 비롯되었다.

유학의 사표, 길재. 그는 2남 3녀의 자녀와 수백 명의 선비 제자를 남
기고 1419년(세종 원년) 4월 12일에 67세의 일기로 세상을 떠났다. 절
개는 백이 · 숙제요 효는 공문의 증자였다. 만세의 충절의 사표였다.
금오산 동쪽 낙동강 서쪽 오포벌에 그의 묘소가 있다.

사림 각지에 수많은 추모 서원과 비석들이 있으나 충청도에는 금산

---

17) 성현의 『용재총화』.

부리면에 '청풍사'가 있고 계룡산 동학사에는 고려삼은을 제향한 '삼은
각'이 있다. 길재의 고향 구미에는 절의의 사표 '채미정'이 있다.

『조선왕조실록』에는 그의 충절 기사가 60여 차례가 넘었고, 행실은
만인의 교과서『삼강행실도』,『오륜행실도』에도 올랐다. 야은의 충절
과 항절이 어떠했는가를 말해주고 있다.

세종이 즉위하자 길재의 절의를 포상하기 위해 그의 자손을 등용하게
되었다. 길재는 "군왕이 신하를 먼저 부른 것은 3대 이래 드문 일이다.
네가 초야에 있는 데도 군주가 먼저 불렀으나 비록 관록을 얻기 이전이
지만 그 은혜와 의리는 다른 보통 신하와 비할 바가 아니다. 그러니 너
는 항상 내가 고려를 생각하는 마음을 본받아서 너의 조선의 임금을 섬
긴다면 이 아비의 마음은 다시 더 바랄 것이 없다."라고 하였다.[18]

고려의 유신으로서의 충절과 군신과 부자간의 명분과 의리에 얼마나
투철했는가를 알 수 있다.

길재의「후산가서」의 일부이다.

"지금은 불행하게도 망국의 한을 당하여 10년 공부가 허탕이 되었다. 슬
프다! 하늘이 하는 일이니 탓해 무엇하랴! 이에 슬픔 속에서 방황하던 나
머지 뜻을 뒤집었으니, 숨어 살며 스스로 빛을 감추어 나월에 갓벗어 걸
고, 청풍을 음소하며 천지 간에 부앙하고 세상 밖에 소요해서 당세의 죄를
짓지 않고 영원히 성명의 정을 보전하고자 한다. 이렇게 한즉 능히 하늘을
뚫고 세상 밖에 뛰쳐나갈 수 있을 것이니, 어찌 천사만종의 부귀를 부러워

---

18) 박성봉,「길재 야은의 전통 삼은론」,『길야은연구논총』(서문문화사, 1996), 28쪽.

하랴[19)]

그의 운명관은 이랬다. 그는 충·효·청이었다. 물질 만능에 정신이 피폐해져 가는 이 시대. 선비 정신이야말로 반드시 되돌아보아야 할 무형의 자산이 아니랴. 언제부터인가 우리를 지탱해왔던 선비 정신은 거대한 물질의 광풍에 쓸려 온데간데없이 사라졌다. 님이 참으로 그리운 때이다.

---

19) 「야은언향록습유」, 권상.

맹사성의 「강호에 봄이 드니 …」

江湖에 봄이 드니 미친 興이 절로 난다
濁醪 溪邊에 錦鱗魚 安酒ㅣ 로다
이 몸이 閑暇히옴도 亦君恩이샷다

江湖에 녀름이 드니 草堂에 일이 업다
有信흔 江波는 보내느니 부람이로다
이 몸이 서늘히옴도 亦君恩이샷다

江湖에 フ올이 드니 고기마다 슬져 잇다
小艇에 그믈 시러 흘니 씌여 더져 두고
이 몸이 消日히옴도 亦君恩이샷다

江湖에 겨울이 드니 눈 기픠 자히 남다
삿갓 빗기 쓰고 누역으로 오슬 삼아
이 몸이 칩지 아니히옴도 亦君恩이샷다

―『악학습영』 55~58, 『청구영언』(진본) 9~12

맹사성(孟思誠, 1360, 공민왕 9~1438, 세종 20)

고려 말·조선 초의 문신으로 본관은 신창, 자는 자명·성지이며
호는 동포·고불이다. 최영의 손서로 온양 출신이다. 권근의 문인
으로 문과에 급제하여 우헌납이 되었다. 이조에 와 예문관 대제학

을 거쳐 좌의정에 이르렀다. 시호는 문정이다.

◆ 어휘풀이

탁료계변 : 막걸리를 마시면서 노는 강놀이

금린어 : 쏘가리

녀름 : 여름

초당 : 억새나 짚으로 지붕을 이은 작은 별채

서늘히옴도 : 서늘하게 지낼 수 있는 것도

ᄀ올 : 가을

슬져 잇다 : 살이 쪄 있구나.

소반 : 작은 고깃배

흘니 씌여 : 흘러가는 대로 띄여

더져 두고 : 던져 두고

역군은이샷다 : 또한 임금님의 은혜이시도다.

기픠 : 깊이가

자히 남다 : 한 자가 더 된다.

빗기 : 비스듬이

쁘고 : 쓰고

누역 : 도롱이

칩지 : 춥지

아니히옴도 : 아니한 것도

청백리 명재상, 맹사성

　　최영 장군이 하루는 낮잠을 자고 있는데 꿈에 배나무 밭에서 용이 승천
하길래 놀라 깨어 밖으로 나가 보았다.동네 아이들이 나무에 올라가 배를
따고 있었다. 아이들을 꾸짖자 모두 달아나는데 한 아이만이 배를 가지고
와서 잘못을 고했다. 최 장군은 누구 집 자식인지 물었다. 아버지는 맹희
도이고 할아버지는 맹유라고 했다. 최영과 맹유는 서로 잘 아는 처지였다.
최 장군은 맹유를 찾아갔다. 꿈 이야기를 하고 예의바른 손자를 칭찬했다.
그 인연으로 최 장군은 그 아이를 훗날 손녀사위로 삼게 되는데, 그가 맹
유의 손자이고 맹희도의 아들인 맹사성이다.[20]

　　조부 맹유는 두문동 72현의 한 사람으로 순절했고 아버지 맹희도는
출사 없이 절의를 지켰다. 맹사성은 우왕 12년에 문과 급제, 조선조에
들어와 대사헌[21], 판서[22]를 거쳐 좌의정[23]으로 세종 17년(1435)에 벼슬
에서 물러났다. 조선조 500년사에 명재상으로 황희, 이원익과 함께 청
백리에 봉해졌다. 얼마나 청렴했는지 다음과 같은 일화가 전해오고
있다.

---

20)　허시명, 『역사를 추적하는 조선 문인기행』(오늘의 책, 2002), 19쪽.
21)　조선시대 사헌부의 우두머리 종2품의 벼슬.
22)　조선시대 육조의 각 관청에서 으뜸인 정2품의 벼슬.
23)　조선시대 의정부의 정1품 벼슬. 영의정 다음으로 백관을 통솔하고 일반 정치 및 외교
　　의 일을 맡아보았다.

병조판서가 집을 찾았다. 마침 소낙비가 내려 고
불의 집이 온통 물벼락을 맞고 있었다. 여기저기에
서 물방울이 떨어져 병조판서의 의관이 다 젖었다.
고불은 새는 물방울을 피해 앉으며 군시렁거렸다.

"하필 손님이 계실 때 소낙비가 쏟아질 게 뭐람."

병조판서는 마침 사랑채를 크게 짓고 있었다. 집
에 돌아온 그는 당장 공사를 중단시켰다.

"정승의 집이 그러한데 내 어찌 바깥 사랑채가
필요하겠는가."[24)]

맹사성 시비
(충남 아산시 배방면 중리)

맹사성은 음율에도 밝았다. 풍해도 관찰사로
임명되었을 때 영의정 하륜이 그를 서울에 머물
게 하여 악공을 가르치도록 왕께 건의할 정도였
다. 피리 소리가 들리면 고불이 집에 있다는 표
시였다. 언제나 피리를 가지고 다니면서 내키면 한 곡조씩 불렀다. 스스
로 악기를 만들기도 했다. 그토록 음률을 즐기며 사랑했다.

어느 날 고향에 계신 아버지를 뵈러 온양에 간 일이 있었다. 고불이
온양으로 온다는 소문을 듣고 고을 수령은 장호원에서 눈이 빠지게 기
다렸다.

이 때 한 노인이 소를 타고 지나갔다.

"웬 늙은이가 재상 행차에 소를 타고 지나가느냐?"

수령 관졸들이 버릇이 없다고 꾸짖었다.

---

24) 최범서, 앞의 책, 155~156쪽.

고불이 빙그레 웃으며 말했다.

"온양에 사는 고불이라고 수령들에게 이르시게."

수령들은 기겁하여 달아났다. 당장 물고를 낼 것 같아서였다. 달아나다 그만 연못에 수령의 관인을 떨어뜨리고 말았다. 뒤에 그 연못을 인침연(印沈淵)이라고 불렀다. 소를 타고 갔기에 사람들은 그가 재상인 줄 몰랐다.[25] 그는 출입시 이렇게 자주 소를 즐겨 타고 다녔다.

고불은 사람됨이 소탈하고 조용하며 엄하지 않았다.

벼슬이 낮은 사람이 찾아와도 반드시 공복의 예를 갖추고 대문 밖에 나아가 맞아들였다. 그리고 윗자리에 앉혔으며 돌아갈 때에도 공손하게 배웅하여 손님이 말을 탄 뒤에야 들어왔다. 그렇게 그는 겸손했다.

겸양지덕에 대한 그의 일화가 전해오고 있다.

맹사성이 일찍이 장원 급제하고 한 지방의 군수가 되었다. 그는 어느 날 고을 근처의 무명 선사를 찾았다.

"이 고을 수장으로서 내가 최고로 삼아야 할 좌우명이 무엇이라고 보오?"

"악한 일 하지 말고 착한 일 많이 하세요."

"그 말은 삼척동자라도 다 아는 사실이 아니오?"

맹사성은 화를 내며 일어서려고 했다. 무명 선사가 녹차나 한잔하고 가라며 그를 붙잡았다.

맹사성은 못 이기는 척 도로 자리에 앉았다. 그런데 스님이 그의 찻잔이 넘치도록 자꾸만 차를 따르는 게 아닌가.

"스님, 찻물이 넘쳐 방바닥이 다 젖었습니다."

---

25) 위의 책, 157쪽.

맹사성 고택(사적 제109호, 충남 아산시 배방읍 중리 300)

"찻물이 넘쳐 방바닥을 적시는 것을 알면서, 지식이 넘쳐 인품을 망치는
것은 어찌 모르시오."

"……."

맹사성은 무명 선사의 그 한마디에 그만 낯빛을 붉히고 말았다.

그는 부끄러워 황급히 일어나 방문을 나섰다. 그러다 그만 문설주에
'쿵' 하고 머리를 부딪쳤다.

그의 등 뒤에서 스님이 빙그레 웃으며 한마디 덧붙였다.

"고개를 숙이면 부딪치는 법이 없지요."

맹사성은 겸양지덕의 좌우명을 주신 스님께 고맙다고 인사했다.

그는 평생 이를 잊지 않았다. 그래서 그는 명재상이 될 수 있었다.[26]

그가 우의정 재임시 『태종실록』 편찬 감관사[27]로서 감수한 일이 있었

---

26) 인터넷 자료를 각색함.
27) 감춘추관사의 줄인 말. 고려시대 춘추관의 관직으로 충숙왕 12년(1325)에 설치하였는
    데, 수상이 겸임하였음. 조선시대 춘추관의 정1품 벼슬.

다.『태종실록』이 편찬되자 세종이 한 번 보고자 했다.

'왕이 실록을 보고 고치면 반드시 후세에 이를 본받게 되어 사관이 두려워서 그 직무를 수행할 수 없을 것'이라고 반대했다. 세종은 그의 말을 따랐다. 품성은 부드러웠으나 조정의 정사에는 과단성이 있었다.

유형원의『대동여지지』에 최영 장군의 집은 원래 "홍주에서 동쪽으로 23리 떨어진 삼봉산 아래 적동리에 있고 후에 성삼문이 거기 살았다."고 기록되어 있다.

최영 장군은 홍북면 노은리에서 태어났다. 1330년 최영이 15살 때 아버지 최원직이 이사를 와 지금의 맹씨 고택을 짓고 살았다. 이성계에 의해 멸족하기 전까지만 해도 최영 장군은 이 맹씨 행단의 주인이었다. 버려진 최영 장군의 집에 와 산 사람이 바로 맹사성 아버지 맹희도였다. 아버지 맹희도는 선산이 있던 충남 서천군 화양면 추동리에 잠시 머물렀다가 온양의 최영 장군 집으로 와 개수해서 살았다. '행단 고택 중수 유래현판 게시문'에는 '비록 빈한한 국면이나 국가와 더불어 기쁨과 근심을 같이 하리라. 또한 정밀하게 역학을 연구하고 후생을 교육한다면 금학(今學)이 스스로 깃들리라 하시고 종신토록 나가지 않으셨다.'고 기록되어 있다.[28]

두 인물이 같은 집에 태어난다는 것은 흔치 않은 일이다. 최영 장군이 살았던 집에서는 100년 후 성삼문이 살았고 최영 장군이 이사했던 집에선 명재상 맹사성이 살았다. 최영 장군의 집에서 성삼문, 맹사성

---

28) 허시명, 앞의 책, 20쪽.

과 같은 위대한 두 인물이
나왔으니 역사의 아이러니
라 치부하기엔 뭔가 숙연해
진다.

맹사성은 만년에 이 집에
살면서 자연의 아름다운 「강
호사시가」를 지었다. 우리나
라 최초의 연 단시조[29]이며
훗날 강호가의 원지류가 되

「강호사시가」의 배경이 된 맹씨 행단 앞 금곡천

었다. 맹씨 행단 앞을 흐르는 금곡천을 배경으로 만년에 지은 시조로
추정된다.

강호에 봄이 드니 미친 흥이 절로 난다
탁료계변(濁醪溪邊)에 금린어(錦鱗魚) 안주로다
이 몸이 한가로옴도 역군은(亦君恩)이샷다

강호에 여름이 드니 초당에 일이 없다
유신(有信)한 강파(江波)는 보내느니 바람이라
이 몸이 서늘하옴도 역군은이샷다

강호에 가을이 드니 고기마다 살쪄있다
소정(小艇)에 그물 실어 흘리띄워 던져두고

---

29) 현대의 연시조와는 다른 같은 제목하에 서로 다른 연이은 독립된 단시조이다.

이 몸이 소일(消日)하옴도 역군은이샷다.

강호에 겨울이 드니 눈 깊이 자히 남다
삿갓 빗기 쓰고 누역으로 옷을 삼아
이 몸이 춥지 아니하옴도 역군은이샷다

대자연 속에 봄이 돌아오니 미친 흥이 절로 난다. 시냇가에 탁주, 안주는 쏘가리로다. 이 몸이 한가한 것도 역시 임금님의 은혜이도다. 강호에 여름이 오니 초당에 일이 없다. 신의 있는 물결을 보내는 것은 바람이라. 이 몸이 서늘한 것도 임금님의 은혜로다. 강호에 가을이 오니 고기마다 살쪄있다. 작은 배에 그물을 실어 물 위에 흘리게 띄워 던져 두고 이 몸이 소일한 것도 임금님의 은혜로. 강호에 겨울이 오니 눈 깊이가 한 자가 넘는다. 삿갓을 비스듬히 쓰고 도롱이로 옷을 삼아 이 몸이 춥지 아니한 것도 임금님의 은혜로다.

자연만큼 정직한 것은 없다. 자연에 몸을 맡기며 유유자적하게 사는 모습이 경건하기까지 하다.

청백리 맹사성. 집은 허름하여 비가 새어도 마음은 풍성하고 겸손했던 맹사성. 진정 그는 재상다운 재상이었다. 재상은 마음과 영혼이 깨끗해야 한다. 물욕이 영혼을 망친다는 사실은 누구나 알고 있지만 실천하는 사람은 그리 흔치 않다. 훗날 만인의 존경을 받을 수 있는 이는 몇이나 될까.

이직의 「가마귀 검다하고 …」

가마귀 검다 ㅎ고 白鷺야 웃지 마라
것치 거믄들 속조차 거믈소냐
것 희고 속 검을슨 너 쑨인가 ㅎ노라

-『악학습영』716, 『청구영언』(진본) 418

이직(李稷, 1362, 공민왕 11~1431, 세종 13)

　조선 초기의 문신으로 본관은 성주 자는 우정이며 호는 형재이
다. 이조년의 증손자로 16세에 문과에 급제, 공양왕 때에 예문관제
학, 이조 개국 후 이조판서를 거쳐 영의정이 되었다. 시호는 문경이
다. 저서로『형재시집』이 있다.

◆ 어휘풀이
것치 : 겉이
속 검을슨 : 속이 검은 것은

두 조정의 인물, 이직

가마귀 검다하고 백로야 웃지 마라
겉이 검은들 속조차 검을소냐
아마도 겉 희고 속 검을손 너뿐인가 하노라

까마귀가 검다고 흰 백로야 비웃지 말라. 비록 겉이 검은들 속까지 검
겠느냐. 아마도 겉 희고 속이 검은 이는 오히려 백로 네가 아니겠는가.

이직은 조선조의 개국 공신이다. 고려 유신으로서 두 조정을 섬긴 인
물이다. 자신의 양심을 변명한 노래이다. 조선조 관직에 있으면서도 이
직은 자신이 고려 유신임에도 자신의 심정을 이 오로가에 담아 읊었다.

여기에서 백로는 고려 왕조의 절의를 고집하는 사람들의 무리를, 까
마귀는 역성혁명을 일으킨 새 시대의 주역들을 비유했다.

겉보기에는 권세를 위해 쫓아다니는 무리로 생각할지 모르지만 겉
만 갖고 속을 판단하지 말라는 것이다. 다 그들도 나름대로의 명분이
있다는 것이다. 고려 왕조의 명분에 사로잡혀 민중의 삶을 모르는 체
하는 이들이야말로 오히려 속 검은 백로들이 아닌가 하고 항변을 하고
있다. 까마귀도 나름대로의 정체성이 있다는 것이다.

겉으로는 군자인 체, 우국지사인 체 하면서도 속은 그렇지 못한 위선
자들을 오히려 풍자, 비판하고 있다. 겉이 까만 까마귀라 해서 속까지
다 까만 것이 아니며 겉이 희다고 해서 속까지 다 흰 것은 아니라는 것

이다.

왕조 교체기에 지은 노래로 보인다.

까마귀와 백로는 흑백으로 대조되는 빛깔을 가진 새로서 선악, 시비에 자주 비유되는 소재이다.

비록 까마귀는 겉이 검고 흉악하게 보일지 모르지만 새끼가

이직의 시조비(이직 묘소 내)

다 자란 후이면 늙은 어미에게 먹이를 물어다 보답해주는 새이다. 효행이 지극한 새라 하여 예로부터 까마귀를 반포효조라 했다. 겉은 검다해도 까마귀이야말로 진정한 효조가 아닌가. 이를 은근히 암시하면서 자신을 변명하고 있다. 이에 비해 백로는 겉은 청순하고 순결한 듯 하지만 실제로는 효조가 아니라는 것을 은근히 빗대어 말하고 있다.

이직은 본관이 성주이며 자는 우정 호는 형재이다. 시호는 문경이며 이조년의 증손자이다. 1377년(우왕 3) 16세로 문과에 급제, 공양왕 때 예문관제학[30]을 지냈다.

이성계를 도와 조선 창업의 개국 공신이 되었다. 서북면 도순문찰리사[31]로 왜구의 침입을 막고, 의정부 지사를 지냈다. 제2차 왕자의 난에

---

30) 고려시대 감찰사 · 예문관 · 보문각 · 우문관에 소속된 관직.

31) 조선 초기에 동북면과 서북면에 두었던 도순문찰리사 · 도안무찰리사 등을 줄여서 이르는 말. 조선시대에 군무로 지방에 파견하던 3품의 임시 관직.

이직 묘소(경기 고양시 덕양구 선유동 산 51-1)

방원을 도와 좌명공신 4등이 되고 사은사로 명나라에 다녀왔다. 1403
년 판사평부사로 주자소를 설치하여 동활자 계미자를 만들었다. 1405
년 이조판서가 되어 그 후 성산 부원군에 봉해졌다. 1415년 황희와 충
녕대군의 세자책봉을 반대하여 성주에 안치되었다가 1422년(세종 4)에
풀려나왔다. 영의정[32], 좌의정을 거쳐 사직했다. 그는 세상이 돌아가는
대로 따라했으며 일을 당해서는 결단력이 다소 부족했다고 전해진다.
성주의 안봉서원에 배향되었다.

　1450년에 세종대왕이 승하하자 4년 전에 죽은 소헌왕후와 함께 서울
헌릉 인근에 합장했다. 그런데 터가 불길하다 하여 예종 원년에 천장
을 했다. 그 장소가 바로 이직과 그의 아들이 있었던 지금의 영릉이다.

---

32)　조선시대 의정부의 정1품의 최고 중앙 관직으로 모든 관리를 통솔하고 행정을 총괄
　　하는 최고 행정기관인 의정부를 이끈 삼정승의 하나이다.

일설에는 세종대왕이 천장을 함으로써 조선 왕조의 역사가 100년은 연장되었다고 한다. 결국 이직은 조선왕조를 위해 죽은 몸까지 옮긴 충성스러운 신하가 된 셈이다.

　문집 『형재시집』이 있고 『가곡원류』에 시조 1수가 전한다.

　사실 겉이 검다고 해서 속까지 검은 것이 아니며 겉이 희다 해서 속까지 흰 것은 아니다. 명분보다 실리가 앞서는 것 같아 왠지 씁쓸하다.

홍장의 「한송정 달 밝은 밤에…」

寒松亭 둘 붉은 밤에 鏡浦臺에 물껼 잔 제
有信ᄒᆞᆫ 白鷗는 오락 가락 ᄒᆞ건마는
엇더타 우리의 王孫은 가고 아니 오는고

–『악학습영』544, 『해동가요』(일석본) · 134

홍장(紅粧, ?~?)

조선 전기의 강릉 기생으로 생몰년대 미상이다. 『교주해동가요』
에 시조 1수가 전한다.

◆ 어휘풀이

한송정 : 강원도 강릉에 있는 누정

경포대 : 강릉에 있는 누대로 관동팔경의 하나

물껼 잔 제 : 물결이 잔잔할 때에

왕손 : 임금의 후손, 여기서는 박신을 이름.

강릉의 명기, 홍장

홍장과 박신과의 사랑 이야기가『동인시화』,『조선해어화사』에 전해
오고 있다.

박신은 젊은 시절에 강원도 안렴사로 갔다. 거기에서 강릉 기생 홍장
을 만나 사랑했다. 박신은 만기가 되어 한양으로 떠나게 되었다. 부윤[33]
인 석간 조운흘이 박신에게 짐짓 거짓으로 말했다.

"홍장은 이미 신선이 되어 떠나갔다네."

헤어지는 슬픔을 죽음으로 대신하다니 박신은 가슴이 아팠다.

강릉 경포대는 관동 제일의 명승지이다.

휘영청 달 밝은 초가을 밤, 박신의 송별연이 있었다.

조운흘은 남몰래 홍장에게 아름답게 치장하게 하고는 별도로 화선
(畫船) 한 척을 준비했다. 그리고 수염과 눈썹이 하얗게 센 늙은 관원을
처용 모양으로 꾸몄다. 화선 위에는 시를 쓴 채액(彩額)을 걸어두었다.
화선에 탄 홍장은 마치 물 위를 떠다니는 신선 같았다.

신라 성대의 늙은 안상은
천년의 풍류를 잊지 못하고

---

33) 조선 때 정2품의 외관직. 영흥부, 평양부, 전주부, 경주부의 네 곳에 두었다.

경포호
(강원 강릉시 저동)

안렴사가 경포호에서 노닌다는 말 들었지만
　홍장은 차마 배에 싣지 못하였네

　배가 서서히 노를 저으며 포구에 들어가 물가를 왔다갔다 했다. 울려오는 거문고, 피리 소리는 공중에서 들려오는 듯했다. 부윤이 안렴사[34] 박신에게 말하였다.

　"이 곳은 예로부터 신라의 유적이 있습니다. 산꼭대기에는 차를 끓이던 다조(茶竈)가 있고, 수십 리 떨어진 곳에는 한송정이 있는데 그 정자에는 사선비(四仙碑)가 있습니다. 지금도 그 정자와 사선비 사이로 신선들이 왕래한다고 합니다. 꽃피는 아침이나 달 밝은 밤이면 사람들은 그들을 볼 수 있으나 접근할 수는 없다고 합니다."

　"산천 풍경이 이리도 빼어나나 제게는 경치를 즐길 만한 여유가 없습니다."

　박신의 눈에는 눈물이 가득했다. 홍장에 대한 박신의 그리움을 그 누구도 달랠 길이 없었다. 이 때 배 한 척이 그들 앞에 닻을 내렸다. 노인의 모습이 매우 기이했고 배 안에는 아리따운 기녀가 춤을 추며 노래를 부르고 있었다. 박신이 깜짝 놀랐다.

---

34)　조선 초에 각도의 행정을 관할하던 으뜸 벼슬. 태종 초에 도관찰출척사로 고쳤다.

경포대(강원도 유형문화재 제6호, 강원 강릉시 저동 94)

"분명 하늘에서 하강한 신선이리라."

자세히 보니 홍장이었다. 자리에 있던 사람들이 박신을 보며 박장대소했다. 그날 밤 뱃놀이 송별회는 매우 즐거웠다.

박신이 떠난 지 몇 개월이 지났다. 일자 소식도 없었다. 박신이 원망스러웠다. 전전반측 잠자리요, 베갯머리 눈물이었다. 홍장은 단장의 하소연을 시조로 읊었다.

> 한송정 달 밝은 밤에 경포대에 물결이 잔 제
> 유신한 백구는 오락가락 하건마는
> 어찌타 우리의 왕손은 가고 아니 오는고

한송정 달은 밝고 경포대 물결은 잔잔한데, 신의 있는 갈매기는 예전같이 왔다갔다 하건마는, 어찌하여 그리운 왕손, 우리 님은 한 번 가고 오지 않는 것인가. 절절한 애모의 시조이다.

홍장암
강릉 기생 홍장과 박신의 사랑 이야기와 관련된 바위

1년이 지나서야 박신은 순찰사[35]가 되어 강릉으로 돌아왔다. 그는 홍장을 한양으로 데리고 올라가 부실로 삼았다. 홍장의 지극한 사랑은 이렇게 해서 열매를 맺었다.

강릉 경포대 한송정에는 다섯 개의 달이 뜬다고 한다. 하늘에 뜨는 달(天月), 경포호에 뜨는 달(湖月), 술잔에 뜨는 달(樽月), 님의 눈에 뜨는 달(眼月), 그리고 님의 가슴에 뜨는 달이다(心月). 한송정은 시인 묵객들이 풍류를 즐기던 곳이다. 묵객의 벼룻물에도 달은 뜰 것이다(硯月). 그러면 여섯 개의 달이 뜨는 셈이다.

경포대 호숫가에는 정자 방해정이 있고 그 정자 앞에 홍장암이 있다. 홍장이 경포대에 놀러오면 반드시 그 바위 위에서 놀다 갔다고 한다. 후세 사람들은 그 바위를 '홍장암'이라고 불렀다.

---

35) 조선 때 임금의 명을 받고 사신으로 나가는 재상의 종2품의 임시벼슬

혜숙공 박신(1362~1444)은 여말 선초의 문인으로 자는 경부이고 호는 설봉이다. 정몽주의 문인으로 벼슬은 이조판서에 올랐다. 홍장은 『해동가요』, 『가곡원류』 등 가집에 '강릉 명기'라고만 기록되어 있을 뿐 그녀의 행장에 대한 기록은 없다.

정철의 『관동별곡』에 홍장고사의 이야기가 언급되어 있고, 이익의 제자 신후담은 홍장고사를 소설화하여 『홍장전』을 지었다. 김태준의 『조선소설사』의 「속열선전」에서도 여러 소설 등과 함께 거론된 바 있다.

하늘, 물, 술잔, 님의 눈동자, 벼룻물에도 달은 뜨고 지지만 세상에 질 줄 모르는 달이 있다. 사랑하는 사람의 가슴에 한 번 뜬 달이다. 진정한 그리움은 이런 것을 두고 말함일 것이다.

하위지의 「객산문경 하고…」

客散 門扄ᄒ고 風微 月落 홀 제
酒甕을 다시 열고 詩句를 훗부르니
아마도 山人 得意는 이 쑌인가 ᄒ노라

— 『악학습영』 68, 『청구영언』(가람본) 140

하위지(河緯地, 1412, 태종 12~1456, 세조 2)

조선 전기 문신으로 사육신의 한 사람이다. 자는 천장·중장이며
호는 단계·적촌이다. 선산 출신으로 세종 때 문과에 장원하여 집
현전 교리를 지냈다. 세조 때 예조참판이 되었으며 단종의 복위를
꾀하다 실패, 거열형을 당했다.

◆ 어휘풀이

객산 문경 : 손님이 돌아간 뒤에 문을 닫음.

풍미 월락 : 바람도 없고 달이 짐.

주옹 : 술독

훗부르니 : (흥에 겨워) 마음 내키는 대로 부르니

산인 득의 : 산속에 은거하는 이의 기쁨

정제된 인격, 하위지

생육신의 한 사람인 남효온은 『추강집』에서 하위지의 인물에 대해
다음과 같이 말했다.

> 사람됨이 침착하고 조용하였으며 말이 적어 하는 말은 버릴 것이 없었
> 다. 그리고 공손하고 예절이 밝아 대궐을 지날 때는 반드시 말에서 내렸
> 고, 비가 와서 길바닥에 비록 물이 고였더라도 그 질펀한 길을 피하기 위
> 하여 금지된 길로 다니지 않았다 한다. 또한 세종이 양성한 인재가 문종
> 때에 이르러 한창 성하였는데 그 당시의 인물을 논할 때는 그를 높여 우두
> 머리로 삼았다.

이런 정제된 인격을 지닌 선비, 하위지가 세조의 녹을 먹을 리가 없
었다. 수양이 왕위에 오르자 그를 예조참판[36]으로 승진했다.

나중에 그의 집을 뒤져보니 세조에게 받은 녹은 하나도 먹지 않고 쌓
아두었다. 그를 본 사람들은 그의 높은 절개에 감탄하였다.

1456년 김질의 고변으로 단종 복위가 탄로가 나 주모자의 한 사람으
로 국문을 받게 되었다. 세조는 그의 재주를 아껴 옥에 사람을 보내어
회유했다.

---

36) 조선시대 예조에 둔 종2품 관직으로 위로 예조판서가 있고, 아래로 예조참의, 예조정
랑, 예조좌랑이 있다.

육신사
(경북 달성군 하비면 묘골)
박팽년, 성삼문, 하위지, 이개, 유성원, 유응부 등 사육신의 위패를 봉안한 사당이다.

"모의한 사실을 실토하면 용서해주겠다."

위지는 피식 웃었다.

다시 문초를 받았다.

"내게 이미 반역의 악명을 씌웠으니 빨리 목을 벨 일이지 무슨 말을 자꾸 묻는단 말이오."

그는 국문과정에서 성삼문 등과 같은 작형[37]은 당하지 않았다. 사육신 등 여러 절신들과 함께 거열형[38]을 당했다.

선산에 있던 두 아들 호와 박도 사형을 받았다. 작은 아들 박은 어린 나이에도 조금도 두려워하는 기색이 없었다.

---

37) 단근질.
38) 죄인의 다리를 두 대의 수레에 한쪽씩 묶어서 몸을 두 갈래로 찢어 죽이던 형벌. 조선 중기에 없어졌다.

그는 어머니한테 말했다.

"어머니 죽는 것은 두렵지 않습니다. 아버님이 이미 돌아가셨으니 저 홀로 살 수는 없습니다. 다만 시집갈 누이동생은 비록 천비가 되더라도 어머님은 부인의 예를 지켜 한 남편만을 섬겨야 될 줄 압니다."

그리고 조용히 죽음을 받았다. 세상 사람들은 '그 아버지에 그 아들!'이라며 감탄하였다고 한다.

박팽년이 일찍이 도롱이를 빌리러 하위지에게 사람을 보낸 일이 있었다. 그는 박팽년에게 시로 답했다.

> 남아의 득실이 예나 지금이나 같도다
> 머리 위에는 분명히 백일이 임하였네
> 도롱이 보내준 것은 응당 뜻이 있을지니
> 오호에 안개 끼고 비 내리면 좋게 서로 찾으리

아, 오호도 찾아볼 수 있었으나 떠나지 않은 것은 어찌 장차 닥쳐올 화난을 피할 수 없음을 몰라서였겠는가? 그 모든 것은 의리가 있었기 때문이다. 당시 세상을 논하는 사람이면 절로 알 것이니 모르는 사람과는 말할 수 없다. 아! 슬픔뿐이다.[39]

이는 당시의 단종의 위치를 불안하게 생각하고 있다는 뜻이었다.

---

39) 하겸진 저, 앞의 책, 79쪽.

하위지 선생 유허비
(경상북도 유형문화재 제236호, 경북 구미시 선산읍 완전리 45-1, 출처: 한국학중앙연구원)

객산문경하고 풍미월락할 제
주옹을 다시 열고 싯귀를 흩부르니
아마도 산인득의는 이뿐인가 하노라

손님이 돌아가자 문을 닫아걸고, 바람은 고요하고 달은 지는데, 술독을 다시 열고 취흥에 젖어 시를 되는 대로 읊조리니 아마도 속세를 떠나 산에 사는 사람의 자랑스러움이 이뿐이리라.

벼슬을 그만두고 고향으로 돌아갔던 시절에 지은 작품인 듯하다. 문을 닫아걸고 술과 시를 즐기는 야인의 모습을 그리고 있다. 자연 속에 세사를 잊고 유유자적하게 사는 선비의 심경을 노래하고 있다.

하위지는 사육신의 한 사람으로 조선시대 단종을 위해 사절했다. 본관은 진주, 선산 출신으로 자는 천장, 중장이며 호는 단계, 군수 담의 아들이다. 1435년 문과에 급제하여 집현전 부수찬[40]에 임명되었다. 1450년에는 사헌부 장령이 되어 권세에 굴함이 없이 대신들의 비리를 적극 공격, 대간의 직분을 다했다. 세종 때 수양대군이 총괄한 『역대병요』의 편집에 참여했다. 수양대군

---

40) 조선시대 경서와 내외 문서를 맡아보던 홍문관의 종6품 관직.

이 단종 1년에 편집에 공로가 많은 집현적 학사들의 승진을 왕에게 건의했다. 하위지는 왕권이 미약할 때 왕족이 신하에게 사사로운 은혜를 베푸는 것은 부당하다며 자신의 승진을 반납했다.

그는 단종 복위를 꾀하다가 뜻을 이루지 못하고 처형당했다. 후에 이조판서에 추증되었고 1691년(숙종 17)에 신원되었다. 노량진의 민절서원, 영월의 창절사, 선산의 월암서원, 연산의 충곡서원 등에 제향되었다. 『청구영언』과 『화원악보』에 2수가 전하고 있다.

충절은 오늘날에도 옷깃을 여미게 한다. 그러한 충절이 있었기에 나라와 우리가 있다. 현시대에 되뇌어 보아야할 말이 아닌가 생각해 본다.

황희의 「대초볼 붉은 골에 …」

大棗 볼 불근 골에 밤은 어이 뜻드르며
벼 뷘 그르헤 게는 어이 ᄂᆞ리는고
술 닉쟈 체장ᄉᆞ 도라 가니 아니 먹고 어이리

—『해동가요』(주씨본) 324

황희(黃喜, 1363, 공민왕 12~1452, 문종 2)

조선 전기의 문신으로 본관은 장수, 초명은 수로, 자는 구부이며
호는 방촌이다. 고려 말에 성균관 학관을 지냈으며 조선 건국 후에
는 태조, 정종, 태종, 세종의 4대에 걸쳐 대사헌, 판서, 참찬, 우의
정, 좌의정을 지냈다. 저서로『방촌집』이 있으며 시호는 익성이다.

◆ 어휘풀이
대조 볼 : 대추의 볼
뜻드르며 : 떨어지며
그르헤 : 그루터기에
체장ᄉᆞ : 체를 파는 상인

만대의 정승, 황희

대초볼 붉은 골에 밤은 어이 듯드르며
벼 벤 그루에 게는 어이 나리는고
술 익자 체장사 돌아가니 아니먹고 어이리

대추볼이 붉게 익은 골짜기에 밤송이가 투둑투둑 떨어진다. 벼를 벤
그루터기에는 게들이 슬슬 기어 다닌다. 마침 술은 익었고 술찌기미를
거를 체장수까지 왔다 갔다. 안주도 있으니 한 잔 먹지 않고 어찌하겠
느냐는 것이다. 전형적인 평화로운 농촌 풍경이다.

황희가 길을 가다 일하는 늙은 농부를 보았다.

"여보시오, 밭 가는 농부님, 날 좀 보소."

"저 소 두 마리 중 어느 소가 더 일 잘하오?"

농부는 일하다 말고 밖으로 나왔다. 그리고는 황희 귀에다 작은 소리
로 말했다.

"저기 검정소보다 누렁소가 더 일 잘 하오."

"아니, 그 무슨 큰 비밀이라고 여기까지 와서 귓속말로 하는 것이오."

"그게 무슨 말이오. 아무리 말 못하는 짐승이라 한들 못한다는 말을
들으면 좋아할 리 있겠소?"

이에 황희는 크게 깨달아 훗날 명재상이 될 수 있었다.

고려가 망하자 고려 유신들은 경기도 두문동으로 숨어들었다. 새왕조

황희 정승 영정.
파주의 반구정 내 봉안.

에 있어서 두문동은 눈엣가시였다. 어떤 회유책에도 유신들은 밖으로 나오지 않았다. 병사들이 움막에 기름을 끼얹었다. 횃불만 붙이면 이제 모든 것이 끝이다.

"충절은 우리만으로 충분하오. 망국의 백성들은 의지할 사람 하나 없소. 그대가 나가 그런 역할을 해주시오"

"날 보고 변절자가 되란 말이오. 나는 죽어도 못하오."

극구 사양했으나 그들의 뜻을 저버릴 수가 없었다. 그들의 고귀한 뜻을 세상에 전하기 위해 두문동을 빠져나와 멀리 전라도 장수로 몸을 숨겼다. 그는 훗날 명재상으로 이름을 날린 황희였다. 충신들은 황희가 어떤 그릇인지를 잘 알고 있었다.

횃불을 붙였다. 금세 두문동은 불바다가 되었다. 움집 밖으로 기어 나온 유신들은 한 사람도 없었다. 모조리 타죽었다. 두문동 72현과 48현이 이들이다. 그 후 두문동은 만대의 빛나는 충절의 고을이 되었다.[41)]

황희의 본관은 장수, 호는 방촌, 개성에서 태어났다. 이색의 아들 종학의 문생으로 이색의 문하에 출입하여 가르침을 받았다. 27세에 문과

---

41) 최범서, 앞의 책, 60쪽.

반구정
(문화재 자료 제12호, 경기도 파주시 문산읍 사목리 190)
모든 관직에서 물러난 후 갈매기를 벗삼아 여생을 보낸 곳이다.

에 급제, 성균관 학록[42]이 되었고. 태종시 육조 판서를 두루 거쳤다. 충
령대군의 세자 책봉을 반대하다 남원으로 유배당하기도 했다.

태종은 황희가 공신은 아니나 그를 곁에서 떠나보내고 싶지 않았다.
황희를 죄 주라 하는 대신들이 많아 왕은 본의 아니게 귀양 아닌 귀양
을 보냈다. 왕은 황희의 생질을 통해 개성이나 서울에 둘 수 없으므로
조용한 시골로 가있도록 비밀리 부탁했다. 태종은 황희가 60이 되던 해
귀양생활을 풀어주고 세종에게 유용한 인물이니 적이 쓰라 부탁했다.
사람을 볼 줄 아는 태종과 이해할 줄 아는 세종 그리고 이에 충성을 다
한 황희. 군자지의가 얼마나 두터웠는지 알 수 있다. 그러기에 황희는
명재상이 될 수 있었다.

---

42) 조선시대 성균관의 정9품 관직.

황희의 유묵

세종대에 이르러 18년 동안 영의정으로 있으면서 『경제육전』 등 법률 제정, 4군 6진 개척, 외교, 문물제도 정비 등 세종성세에 많은 기여를 했다. 1452년(문종 2) 세종묘에 배향되었고 상주의 옥동서원, 장수의 창계서원, 파주의 반구정에 영정이 봉안되었다. 시호는 익성. 저서에 『방촌집』이 있으며 『청구영언』, 『해동가요』 등에 시조 3수가 전하고 있다.

성격이 담백하고 청렴하여 모든 사람들로부터 존경을 받았던 황희. 노비들에게 매 한 번 댄 일도 없었다. 노비 자식들이 수염을 잡고 내둘러도 '아야, 아야'만 할 뿐 말리지도 않았다.

하루는 종들 사이에 싸움이 벌어졌다. 싸움이 끝난 후 한 노비가 황희의 방에 들어와 싸움을 건 상대의 잘못을 낱낱이 고했다.

"과연 네 말이 옳도다."

그러자 싸움을 한 다른 노비가 황희에게 상대방의 비행을 말했다.

"과연 네 말이 옳도다."

이 광경을 보고 있던 조카가 말했다.

"사물에는 일시일비가 있는 법인데 쌍방이 다 옳다고 하시니 아저씨는 왜 그리 몽롱한 말씀만 하십니까?"

황희는 태연히 말했다.

"네 말도 또한 옳다."

시비를 가릴 줄 알면서 사소한 일에 탓하지 않은 그의 참모습을 볼수 있다. 시비를 가리지 않는 사람을 일러 황희 정승이라는 속담까지 나오게 된 것을 보면 황희가 얼마나 원만한 인물인가를 알 수 있다. 『방촌 선생의 실기』에는 85세 되던 해 황희를 얼굴은 불그스레하고 머리는 희며 바라봄에 신선과 같은 풍모를 지녔다고 하였다.

> 황희는 관후하고 침중하여 재상의 식견과 도량이 있었으며, 풍우한 자질이 크고도 훌륭하였으며, 총명은 다른 사람을 능가하였다. 집을 다스림에는 검소하였고 기쁨과 노여움은 얼굴에 나타내지 않았으며, 일을 의논할 때는 정대하고 대체를 보존하기에 힘쓰고 번거롭게 변경하는 것은 좋아하지 않았다.[43]

이렇게 인간적이고 관대하고 청렴했던 정승은 일찍이 조선조에는 없었다. 조선 왕조를 통해 가장 명망 있는 재상으로 칭송받았고 태종,

---

43) 『문종실록』 권12.

세종, 문종에 이르기까지 내리 3대를 섬겼던 인물이다. 그는 인간미, 관대함, 청렴함을 두루 갖춘 만대의 정승, 청백리의 사표였다. 무로서 세운 나라가 문으로서 정신문화의 꽃을 피웠으니 그 한 축에 황희가 있었다.

황희 장례식 때 딸들이 입을 상복이 없어 하나 밖에 없는 상복을 찢어 나누어 입었다는 이야기도 있다. 가난했지만 죽어서도 구차하지 않았다.

청백리! 시대가 바뀌어도 정신만은 살아있어야 한다. 벼슬에도 돈에도 그런 혼이 있었으면 좋겠다. 오늘날에 요구되는 절실한 단어가 아닌가 생각한다.

최덕지의 「청산이 적요한데…」

靑山이 寂寥흔듸 麋鹿이 버지로다
藥草에 맛 드리니 世味를 이즐노다
碧波로 낙시대 두러메고 漁興 겨워 ᄒ노라.

—『악학습영』15, 『해동가요』(일석본) 440

최덕지(崔德之, 1384, 우왕 10~1455, 세조 1)

조선 전기 문신으로 자는 가구, 호는 연촌·존양이다. 문과 급제 후 사관을 거쳐 삼사 벼슬을 역임했다. 남원 부사 사퇴 후 영암의 영보촌으로 물러나 당호를 존양이라 하고 학문을 연구했다.

◆ 어휘풀이

적요흔듸 : 고요한데

미록 : 사슴과 고라니, 무구한 시골구석을 비유하는 말

맛 드리니 : 맛을 들이니

이즐노다 : 잊겠구나.

메고 : 어깨에 메고

벽파 : 푸른 물결

어흥 겨워 : 고기 잡는 흥취에 겨워

명철보신의 선비, 최덕지

최덕지의 본관은 전주, 자는 가구이며 호는 연촌 · 존양이다. 아버지는 전주 완산구 교동에 한벽당을 조성한 최담이다.

1405년(태종 5) 식년문과에 동진사[44]로 급제한 후 사관을 거쳐 삼사의 벼슬을 역임했다. 1409년 교서관[45] 정자[46]로서 원구단에서 기우제를 지낼 때 오제제문을 준비 못해 한때 투옥되기도 했다.

김제 군수 · 남원 부사가 되었다가 물러난 후 영암의 영보촌으로 내려갔다. 거기서 존양이라는 당호를 사용, 학문연구에 몰두했다.

그는 세종 때 배출된 많은 학자 중 한 사람으로 정치적 격동에 휘말리지 않고 문신이자 학자로서 명예로운 삶을 마쳤다. 전주의 서산사, 남원의 주암서원, 영암의 녹동서원 등에 제향되었다. 시호는 문숙이다.

그는 명예로운 직책을 사임하고 귀향했다. 당시엔 이런 경우가 드물다. 동료들은 그의 높은 덕과 행동을 칭송하며, 다투어 시부를 지어주고 노자를 마련해 주었다. 이것이 당시의 풍습이었다.

---

44) 고려 및 조선 초기 문과 급제자의 등급 중 제술업에 급제한 사람의 등급.
45) 1392년(태조 1) 경적의 인쇄와 제사 때 쓰이는 향과 축문 · 인신 등을 관장하기 위하여 설치되었던 관서.
46) 조선시대 홍문관 · 승문원 · 교서관의 정9품 관직.

청산이 적요한데 미록이 벗이로다
약초에 맛들이니 세미를 잊을로다
벽파로 낚싯대 둘러메고 어흥겨워 하
노라.

청산이 고요한데 사슴과 고라니가
벗이로다. 약초에 맛을 들이니 세상의
맛을 잊겠구나. 푸른 물결로 낚싯대를
둘러메고 고기 잡는 흥취를 누르기가
어려워라.

이 시조는 남원 부사를 그만두고 영
암으로 물러가 존양이라는 당호를 짓
고 생활하던 때 지은 것으로 생각된다.
세사를 잊고 자연 속에서 즐거움을 찾
는 모습이 사실적으로 그려져 있다.

최덕지 초상화
(출처: 한국학중앙연구원)

문종이 즉위하며 그를 불렀다. 잠시
성균관 사예[47]를 거쳐 예문관 직제학[48]으로 봉직하였는데, 늙음을 이유
로 사직장을 올리고 귀향했다.

문종 원년(1451) 겨울, 환송식은 성대했다. 하연 · 김종서 · 정인지 ·

---

47) 조선시대 성균관의 정4품 관직. 유생들에게 음악 지도를 맡은 벼슬로 처음에는 악정
    이라고 하였다.
48) 조선시대 홍문관 · 예문관 · 규장각의 정3품 관직.

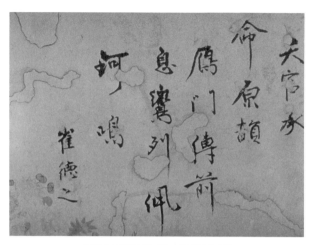

최덕지 필체(출처: 한국학중앙연구원)

안지 · 이선제 등이 직접 참석하였거나 전별시를 보냈다. 특히 하위지 · 이개와 같은 젊은 학사들의 아쉬움은 매우 컸다.

특히 성삼문은 "시종일관 의리를 다하신 선생이 바로 우리의 스승이로세"라 했다. 유성원은 "어여쁜 사람아, 어디로 가시는가? 한 해 저물어 눈보라 휘날리지 않는가!"로 시작하는 장편시를 올리기도 했다.

신숙주도 빠지지 않았다. 다섯 수를 연거푸 적으면서 "급류에 용퇴한 사람이 얼마나 되던고?" 하다가 부친을 회고하며 울컥하였다.

"선친과는 일찍이 상투 틀면서부터 노니셨는데, 지금 한 분은 아니 계시고 한 분은 떠나가신다니 두 줄기 눈물이 주룩주룩."

박팽년이 갈무리하였다. "지금 선생의 귀향에 즈음하여 왜 이구동성으로 감탄하고 칭송하는가? 인심을 감동시키는 중망이 조정에 있지 않고 전리에 있기 때문이 아니겠는가!" 왜 인심이 조정을 떠나겠는가라고 물었다.

때는 바야흐로 문종은 병이 이미 깊고 세자는 어리며, 수양대군이 은근히 위세를 드러내던 참이었다.[49]

사실 그는 정국이 소용돌이 칠 것을 예견하고 나이를 핑계 삼아 영암으로 돌아왔다. 그리하여 수양대군의 피비린내 나는 왕위 찬탈에 연루되지 않고 몸과 이름을 보전할 수 있었다. 명철보신의 지혜로운 분이었다.

---

49) 『조선일보』, '이종범 교수의 호남인물열전, 최덕지', 2011.05.16.

김종서의 「삭풍은 나무 끝에 불고 …」

朔風은 나모 긋틱 불고 明月은 눈 속에 춘듸
萬里 邊城에 一長劍 집고 셔셔
긴 프룸 큰 훈 소릭에 거칠 거시 업세라

             — 『악학습영』 324, 『청구영언』(진본) 13

     김종서(金宗瑞, 1383, 우왕 9～1453, 단종 1)
     조선 전기 문신으로 자는 국경, 호는 절재이다. 지용을 겸한 명장
으로 6진을 개척하여 두만강을 국경으로 삼았다. 황보인 등과 어린
단종을 보필했으나 계유정란 때 수양대군에 의해 아들과 함께 피살
되었다.

     ◆ 어휘풀이
     삭풍 : 북풍
     나모 : 나무
     춘듸 : 찬데
     만리 변성 : 멀리 떨어진 국경 부근의 성. 김종서가 있던 함경도
북방의 국경 부근의 성
     프룸 : 휘파람
     큰 훈 소릭 : 크게 한 번 외치는 소리
     업세라 : 없구나.

백두산 호랑이, 김종서

삭풍은 나무 끝에 불고 명월은 눈 속에 찬데
만리 변성에 일장검 짚고 서서
긴 파람 큰 한 소리에 거칠 것이 없어라

삭풍은 나무 끝에 불고 밝은 달은 눈 속에 찬데 만리 국경에 큰 칼을 짚고 서서 긴 휘파람 큰 한 소리에 거칠 것이 없구나. 함경도에 육진을 개척, 여진을 호령할 때 지은 호기가이다. 무인의 호방한 기상을 노래하고 있다.

김종서가 세종께 육진을 설치할 것을 건의했다.

"비록 내가 있으나 종서가 없이는 이 일을 해낼 수 없다."

세종은 일체를 그에게 위임했다.

육진을 설치하던 날 술과 풍류로 장수들과 함께 즐기고 있었다. 그런데 갑자기 화살 하나가 그의 술잔을 꿰뚫었다. 그는 아무런 놀람도 없이 태연히 앉아 술을 마셨다. 그는 그렇게 담대했다.

어느 날 맹사성이 황희에게 물었다.

"대감, 종서는 당대의 훌륭한 관리인데 왜 그리 매양 허물만 하시오?"

"고불, 내가 종서를 미워하는 것 같으시오? 종서를 아껴서 그런 것이오. 종서는 큰 그릇이오. 허나 고집이 세고 과격하여 자칫 일을 그

르칠까 걱정되오. 훗날 신중하게 일을 처리하도록 경계하려는 것이
오."

황희는 훗날 김종서를 정승으로 추천했다.

백두산 호랑이 김종서는 호는 절재, 본관은 순천이다. 태종 5년에 문
과에 급제, 사간원[50] 우정언[51]을 거쳐 세종 16년 함길도 관찰사[52]에 임명,
여진족을 평정하고 육진을 개척해 두만강을 국경선으로 확정했다. 『고
려사』를 개찬하고 『고려사절요』를 감수했다. 단종 1년 수양대군에 의
해 아들과 함께 죽임을 당했다. 지략이 뛰어나고 강직해서 대호라는
별명을 얻었다. 저서에 『제승방략』이 있고 시조 2수가 전한다. 시호는
충익이다.

그는 계유정란의 첫 희생자였다.

문종은 영의정 황보인, 좌의정 김종서, 우의정 정분 등에게 후일의
어린 단종을 부탁했다. 김종서의 권력이 커지자 야심 많은 수양대군이
가만히 있을 리 없었다. 수양대군은 한명회, 권람 등과 함께 거사를 모
의했다. 대권에 가장 장애가 되는 인물은 물론 김종서였다. 1453년(단
종 1) 계유년 10월 10일 수양은 무사, 유숙 · 양정을 데리고 김종서의
집을 찾았다.

"좌의정 대감을 뵈러 왔네."

---

50)　조선시대 언론을 담당했던 기관. 국왕에 대한 간쟁과 논박을 담당한 관청.
51)　조선시대 사간원의 정6품 벼슬.
52)　조선시대 각 도에 파견된 지방 행정의 최고 책임자. 조선시대 동반의 종2품 외관직으
　　로 감사라고도 한다.

김종서의 아들 승규가 집 안으로 안내했다.

김종서가 서둘러 방안에서 나왔다.

"대군께서 저녁 무렵 어인 일이시오?"

"긴한 말이 있어 왔소이다."

"안으로 드시지요."

"아니오, 여기서 잠깐 얘기를 나누시지요."

김종서의 좌우에는 아들 승규 · 사면 · 광은이 버티고 서 있었다. 섬 뜩했으나 수양대군은 태연한 척했다.

"길을 가다 사모뿔을 잃어버렸소이다. 좌상댁이 여기라 빌리고자 들 어온 길이외다."

김종서는 내심 의아했으나 아들 승규에게 가져오라 했다. 승규가 사 모뿔을 들고 밖으로 나왔다. 이 때였다. 유숙 · 양정이 김종서의 뒤통 수를 철퇴로 내리쳤다. 순간 승규는 몸을 날려 아버지를 온몸으로 껴 안았다. 아들 승규가 정통으로 맞아 그 자리에서 즉사했다. 숨이 붙어 있는 김종서를 다시 내리쳤다. 김종서는 그만 실신했다.

얼마 후 수양대군은 김종서가 살아있을지도 모른다는 생각에 확인 차 이흥상을 보냈다. 겨우 몸을 추스르고 있던 김종서를 칼로 사정없 이 내리쳤다.

이렇게 해서 백두산 호랑이는 갔다.

수양대군은 단종에게 아뢰었다.

"김종서가 모반하여 사변이 창졸간에 일어난 일이라 상계할 틈이 없 었나이다."

숙모전

(충청남도 문화재 자료 제67호, 충남 공주시 반포면 학봉리 789)

단종과 충신들의 위패를 모시고 있다.

"숙부, 날 살려주시오."

"염려 마십시오. 전하."

수양대군은 왕명을 빙자하여 영의정 이하 여러 신하들을 불렀다. 황보인·이양·조극관 등이 연달아 살해당했다. 안평대군과 정분은 유배되었다가 사약을 받았다. 한명회의 살생부에 있는 사람은 모조리 죽어나갔다.

계룡산 동학사의 숙모전에는 계유정란 때 죽은 이들의 위패가 모셔져 있다. 영월 장릉의 배식단, 공주의 요당서원에도 배향되었다. 김종서의 묘는 공주시 장기면 대교리에 있다. 당시 역적의 누명을 쓰고 죽어 시신 전부를 거두지 못하고 다리 한쪽만 묻혔다고 한다. 생가지는 공주시 의당면 월곡리에 있다. 의당초등학교 건립시 이 유허지를 확보하여 1927년 개교 이후 학생들의 교육장으로 관리해오고 있다.

그의 또 하나의 호기가 한 수를 소개한다.

김종서의 생가터(좌)와 묘(우)

김종서 장군 생가지는 충청남도 문화재 제394호로 공주시 의당면 월곡리 138-2에, 묘는 충청남도 기념물 제16호로 공주시 장기면 대교리 산 45에 위치해 있다.

장백산에 기를 꽂고 두만강에 말 씻기니
썩은 저 선비야 우리 아니 사나이냐
어떻다 능연각상에 뉘 얼굴을 그릴꼬.

장백산에 기를 꽂아놓고 두만강에 말을 씻기니 모함하고 시기하는 썩은 선비들아, 이 장한 우리의 사나이다운 모습을 보아라. 당태종이 스물네 명의 공신의 얼굴을 그려 붙인 능연각에 누구의 얼굴을 그려 넣어야 하겠는가. 변방 개척의 공로를 씩씩한 기개로 표현한 작품이다.

역적과 충신, 명분과 실리의 잣대가 어디에 있는지 알 수 없는 세상이다. 참으로 지혜로운 삶이 필요한 때이다.

유응부의 「간밤에 부던 바람…」

간 밤에 부던 ㅂ람 눈 셔리 치단 말가
落落長松이 다 기우러 가노ᄆ라
ᄒ물며 못 다 퓐 곳치야 닐러 므슴 ᄒ리오

- 『악학습영』 66, 『청구영언』(진본) 359

유응부(俞應孚, 1383, 우왕 9~1453, 단종 1)
　조선 초기 문신이자 사육신의 한 사람으로 자는 신지, 호는 벽량
이다. 포천 출신으로 무과에 급제, 함길도 절제사를 지냈다. 사육신
중 유일한 무관으로 용맹이 출중했다.

◆ 어휘풀이
눈 셔리 : 눈과 서리. 여기서는 세조의 포악을 비유함.
치단 말가 : 친단 말인가.
낙락장송 : 가지가 드리운 큰 나무, 여기서는 사육신들을 비유함.
가노ᄆ라 : 가는 구나.
닐러 : 일러
무슴 : 무엇

충절의 무사, 유응부

세조가 유응부에게 물었다.

"너는 무엇을 하려 했느냐?"

"한 칼로 족하(足下)[53]를 죽이고 본 임금을 복위시키려 했네."

"저 놈의 살가죽을 벗겨라."

유응부는 살가죽을 벗기고도 낯빛 하나 변치 않았다.

유응부는 성삼문을 돌아보며 말했다.

"연약한 서생들과는 큰일을 도모하지 말라 했거늘 과연 그 말이 옳구나. 그 때 연회에서 칼을 뽑았어야 했는데 말리더니 결국 이 모양이 되지 않았는가."

다시 세조에게 말했다.

"족하가 더 물어볼 말이 있으면 저 쓸모없는 똑똑한 학자들에게나 물어보게."

유응부는 입을 다물고 벙어리가 되었다.

세조가 더욱 화를 내며 쇠를 달구어 배 밑을 지지게 했다. 살 타는 기름 냄새가 진동했다.

유응부는 그 쇠를 땅에다 집어 던졌다.

---

53) '자네' 정도의 호칭.

"쇠가 식었다. 더 달구어 오라."

오히려 유응부는 형리에게 호령했다.

유응부는 무과 출신이다. 기골이 장대하고 용모가 엄장했으며 성격이 용맹스럽고 활을 잘 쏘았다. 한번은 그의 아우 응신과 함께 어머니를 모시고 포천으로 가는 도중이었다. 말 위에서 활을 당겼더니 순간 기러기가 땅에 떨어졌다. 어머니는 기쁨을 감추지 못하고 아들을 칭찬했다.

> 준마 오천 마리 버들 아래서 울고
> 날아오른 매 삼백 마리 누각 앞에 앉았네

유응부는 함길도 절제사로 있을 때 위와 같은 시를 지었다. 그의 기상이 어떤지 알 수 있다.

그는 집이 가난했으나 효성이 지극하여 어머니 봉양에는 부족함이 없었다. 사생활은 지극히 청렴하여 벼슬이 재상급의 2품 관직에 있으면서도 거적자리로 방문을 가렸을 정도였다. 그리고 고기 없는 밥을 먹었으며 양식이 떨어질 때도 많았다.

응부가 죽던 날 처자가 울면서 길가는 사람에게 말했다.

"영감, 살아서는 고생시키더니 죽어서는 큰 화를 남겼구려."

1456년, 세조 2년 성삼문·박팽년 등이 단종 복위를 모의할 때 창덕궁에서 명나라 사신을 초청 연회하는 날에 거사하기로 했다. 유응부와 성삼문의 아버지, 성승을 별운검으로 선정하여 그 자리에서 세조를 살해하고 단종을 다시 세우기로 계획을 세웠다.

왕은 운검을 제폐하도록 명했다. 유응부는 그래도 거사하려고 했

충목단
(경기도 기념물 제102호, 경기 포천시 소흘읍 무봉리 27)
벽량 유응부의 충절을 기리기 위해 세운 제단이다.

으나 성삼문과 박팽년은 굳이 말렸다.

"지금 세자가 경복궁에 있고 공의 운검을 쓰지 못하게 한 것은 하늘의 뜻입니다. 만약 이곳 창덕궁에서 거사하더라도 혹시 세자가 변고를 듣고서 경복궁에서 군사를 동원하여 온다면 일의 성패를 알 수가 없으니 뒷날을 기다리는 것만 못할 것이옵니다."

유응부가 말했다.

"이런 일은 빨리 할수록 좋은데 만약 늦춘다면 누설될까 염려되오. 지금 세자는 비록 이곳에 오지 않았지만 왕의 우익이 모두 이곳에 있소. 오늘 이들을 모두 죽이고 단종을 호위하고서 호령한다면 천재일시의 좋은 기회가 될 것이니 이런 기회를 놓쳐서는 아니 될 것이오."

성삼문과 박팽년은 만전의 계책이 아니라며 굳이 말려 거사가 중지되었다. 이 때 공모자의 한 사람인 김질이 거사가 연기되자 모의가 누설될

유응부 유허비
충목단 내에 있다.

까 두려워 장인 정창손에게 이 사실을
고발했다. 성삼문 이하 주모자 6명이 모
두 죄인으로 끌려가서 국문을 받았다.

거사 주모역은 성삼문 · 박팽년이고
행동책은 유응부였다.

간밤에 부던 바람 눈서리 치단 말가
낙락장송 다 기울어지단 말가
하물며 못다 핀 꽃이야 일러 무삼하리오

간밤에 불던 바람 눈서리 쳐서 낙
락장송도 다 기울어졌다는 말인가.
하물며 못다 핀 꽃이야 말해서 무엇
하겠느냐. 이 시조는 세조 일파의 포
악한 짓을 빗대어 노래한 한탄가이
다. 바람과 눈서리는 세조의 포악한 짓을, 낙락장송은 김종서 같은
충신들을, 못다 핀 꽃은 사육신을 비유하고 있다.

유응부는 조선 초기의 무신으로 본관은 기계이며 포천 출신이다.
호는 벽랑, 무과에 급제하여 세종과 문종의 총애를 받았다. 1452년 단
종 즉위년에 의주 목사[54], 세조 1년에 동지중추원사[55]에 임명되었다.

---

54) 고려 중엽 이후와 조선시대 관찰사 밑에서 목을 맡아 다스린 정3품 외직 문관.
55) 조선시대에 중추원의 종2품 벼슬.

노량진의 민절서원, 홍주의 노운서원, 연산의 충곡서원, 영월의 창절
사, 대구의 낙빈서원, 의성의 충렬사, 강령의 충렬사 등에 제향되어
있다.

영원히 되새겨볼 만한 충절이다. 그나마 무인으로서 시가 남아 후세
에 전하고 있으니 그보다 더 고귀한 것이 어디 있으랴.

박팽년의 「까마귀 눈비 맞아 …」

가마귀 눈비 마자 희는 듯 검노믜라
夜光 明月이 밤인들 어두우랴
님 向흔 一片丹心이야 變할 줄이 이시랴

- 『악학습영』 64, 『청구영언』(진본) 295

박팽년(朴彭年, 1417, 태종 17~1456, 세조 2).

조선 초기 문신이자 사육신의 한 사람으로 본관은 순천, 자는 인
수, 호는 취금헌이다. 회덕 출신으로 집현전 학사였으며 충청도 감
찰사에 이어 형조판서가 되었다. 심한 고문으로 옥중에서 죽었다.

◆ 어휘풀이
희는 듯 : 희어지는가 하자 곧
검노믜라 : 검는 구나.
야광 명월 : 밤중에 빛나는 밝은 달
일편단심 : 진심에서 우러나는 충성된 마음
변할 줄이 : 변할 리가
이시랴 : 있으랴, 있을 것이냐.

뛰어난 문장가, 박팽년

까마귀 눈비 맞아 희는 듯 검노매라
야광명월이 밤인들 어두우랴
님 향한 일편단심이야 고칠 줄이 있으랴.

세조는 끝까지 박팽년의 마음을 돌리고 싶어했다. 박팽년의 재주가 아까워서였다. '까마귀가 눈비 맞는다 해서 희는 듯 하지만 희게 되지는 않는다. 빛나는 명월은 밤이라 해서 어두워지지 않는다. 님 향한 일편단심이야 변할 수 있겠는가?' 밝은 달은 자신을, 밤은 세조를 지칭하고 있다.

세조의 명을 받고 김질이 옥중으로 찾아가 태종의 노래, 하여가로 그의 마음을 떠보려 하였으나 박팽년이 이 단심가 한 수로 세조의 청을 일언지하에 거절했다. 자신의 굽힘 없는 지조를 보인 시조이다.

세조가 왕위에 오르던 날 박팽년은 경회루 연못에 몸을 던지려고 했다. 그러나 후일을 기약하자는 성삼문의 만류로 때를 기다리기로 했다. 박팽년은 충청 감사[56]를 거쳐 형조판서로 있었다. 그러다 단종 복위 실패로 이렇게 국문을 당하게 된 것이다.

---

56) 관찰사와 같은 말. 조선대에 둔, 각 도의 으뜸 벼슬.

친국청에 나온 박팽년은 의연했다.

"네가 모의에 가담하였느냐?"

"가담했으니 여기에 나오지 않았소이까. 나으리."

나으리라는 말에 세조는 또 한번 화가 치밀었다.

"네가 나의 녹을 먹었고 또 나에게 신이라 일컬었으니 너는 나의 신하가 아니고 무엇이더냐?"

"나는 상왕의 신하이지 나으리의 신하가 아니외다. 녹은 하나도 먹지 않았소이다."

세조는 충청 감사 때 그가 올린 장계를 확인해보았다. 신하 신(臣)자 대신 거인 거(巨)자가 씌여 있었다. '신하' 신, 박팽년이 아니라 '거인' 거, 박팽년이었다. 원래 장계의 '臣'자는 신하를 낮추어 불러 작게 쓰는 법이다. 세조는 이를 그냥 지나쳐버린 것이다. 녹도 성삼문처럼 창고에 고스란히 쌓아두었던 것이다.

금부도사는 형장으로 끌려가는 그를 보고 말했다.

"고집을 잠깐 거두시오면 온 집안이 영화를 누리실텐데. 무슨 고집을 그렇게도 부리십니까?"

"더럽게 사느니 깨끗하게 죽는 것이 나으니라."

그는 기꺼이 형을 받았다. 아버지, 동생, 세 살짜리 아들까지 사형당했다. 이 때 부인은 임신 중이었다. 조정에서는 아들을 낳거든 즉시 사형시키라고 명령했다. 때마침 종도 임신 중이었다.

이들은 비슷한 시기에 해산을 했다. 약속한 듯이 주인은 사내아이를 낳고 종은 딸아이를 낳았다. 종은 자기 아이와 부인의 아이를 바꿔

창계 숭절사
(대전광역시 문화재 자료 제2호. 대전시 중구 안영동 560)
박팽년과 박심문을 배향하고 있다.

치기 했다. 박팽년의 사내아이를 자기 아이로 키운 것이다. 성종 대에
이르러 이 사실이 드러났다. 그러나 성종은 이를 사면해주고 '일산'이
라는 이름까지 하사해 주었다. 이 때문에 사육신 중 박팽년만은 대를
이을 수 있었다. 부인 이씨는 관비가 되어 평생을 수절하여 일생을 마
쳤다.

경북 달성 묘골 마을에는 지금도 그의 후손들이 집성촌을 이루며 살
고 있다. 여기 육신사는 원래 박팽년 선생을 모신 사당이었으나 그의
후손이 꿈속에서 선생의 제삿날에 사육신 중 다른 분들이 사당 밖에서
서성거리는 모습을 본 뒤 나머지 다섯 분의 위패도 함께 봉안했다는
이야기가 전해오고 있다.

그는 일찍이 단심가 한 수 시조를 남겼다.

금생여수(金生麗水)라 한들 물마다 금이 나며
옥출금강(玉出崑崗)이라한들 뫼마다 옥이 나랴
아모리 여필종부(女必從夫)라한들 님마다 좇을소냐

금은 아름다운 물에서 나지만 물마다 금이 나며, 옥은 곤륜산에서 나지마는 산마다 옥이 나랴. 아무리 여자는 남자를 따라야한다지만 님마다 이를 좇아야겠는가?

박팽년. 본관은 순천, 자는 인수 호는 취금헌으로 회덕 출신이다. 세종 때 문과에 급제하여 성삼문과 함께 집현전 학사로 세종의 총애를 받았다. 우승지[57]를 거쳐 형조참판[58]이 되었다. 성품이 차분하고 말이 없고 종일 단정히 앉아 의관을 벗지 않았다. 문장과 필법이 뛰어나 '집대성'이라는 칭호를 받았다. 시호는 충절이다.

장릉 충신단에 배향되었고 대전의 창계 숭절사, 영월의 창절서원, 달성의 육신사 등에 제향되었다. 대전광역시 동구 가양2동에 대전광역시 기념물 제1호 박팽년의 유허가 있다. 달성 묘골에는 사육신을 배향한 '육신사'가 있다.

묘는 서울 노량진 사육신 묘역에 있다. 그의 묘에는 그저 '박씨지묘'라는 글만 표석에 새겨져 있다. 성삼문 등 육신이 죽은 뒤에 한 의사가 그들의 시신을 거둬 이곳 노량진 기슭에 묻었으며, 무덤 앞에 돌을 세

---

57) 조선시대 승정원의 정3품 당상관직. 6승지 중의 하나로 예방승지라고도 불렀다. 예조와 그 부속아문에 관련된 왕명의 출납과 보고 업무를 담당하였다.
58) 조선시대 형조에 둔 종2품 벼슬.

우되 감히 이름을 쓰지 못하고 그저 '아무개 성의 묘'라고만 새겨놓았다고 한다.

인생은 혼자서 선택을 강요받을 수밖에 없다. 소중하지 않은 것은 세상에 하나도 없다. 목숨만큼 소중한 것은 더더욱 어디에도 없다. 충의를 위해 목숨을 버리지 않아도 되는 세상, 지금 어디쯤 와 있는지 한번쯤 생각해볼 일이다.

박팽년 유허비
(대전광역시 기념물 제1호, 대전시 동구 가양동 161-1)

이개의 「방안에 혓는 촛불 …」

房 안에 혓는 燭불 눌과 離別 ᄒ엿관ᄃᆡ
것흐로 눈물 디고 속 타ᄂᆞᆫ 줄 모로ᄂᆞᆫ고
우리도 뎌 燭불 갓ᄒᆞ야 속 타ᄂᆞᆫ 줄 모로노라

— 『악학습영』 67, 『청구영언』(진본) 444

이개(李塏, 1417, 태종 17~1456, 세조 2)

조선 초 문신이며 사육신의 한 사람으로 본관은 한산 자는 청
보·사고, 호는 백옥헌이다. 이색의 증손으로 문과 급제 후 집현전
학사를 거쳐 직제학에 이르렀다. 시문에 능하고 글씨를 잘 썼다.

◆ 어휘풀이
혓는 : 켜 있는
눌과 : 누구와
ᄒ엿관ᄃᆡ : 하였기에
갓ᄒᆞ야 : 같아서

선비의 사표, 이개

방안에 혓는 촛불 눌과 이별하였관데
겉으로 눈물지고 속 타는 줄 모르는고
저 촛불 날과 같아야 속타는 줄 모르도다

홍촉루가이다. 이개는 단종을 그리워하며 옥중에서 이 시조를 지었다. 방안에 켜 있는 촛불은 누구와 이별하였기에 겉으로 눈물짓고 속이 타는 줄 모르는가. 저 촛불도 나와 같아 속 타는 줄 모르고 눈물을 흘리는구나. 촛불에 자신의 마음을 의탁해 어린 임금에 대한 충절을 이렇게 노래했다.

이개는 조선 단종 때의 문신으로 사육신의 한 사람이다. 본관은 한산, 호는 백옥헌, 목은 이색의 증손이다. 세종 18년(1436) 사마시[59]에 합격하고 진사[60]가 되었다. 훈민정음 제정, 『운회』, 『동국정운』에 참여했다. 문종의 부탁을 받아 좌문학으로 세자, 단종에게 『소학』을 강의했다. 벼슬이 집현전 부제학[61]에 이르렀고 1456년 단종 복위 실패로 처형되었다. 낳은 지 두 달 만에 글을 읽어 신동이란 소리를 들었으며 시문

---

59) 소과와 같은 말. 생원과 진사를 뽑던 과거.
60) 조선시대에, 과거의 예비 시험인 소과의 복시에 합격한 사람에게 준 칭호. 또는 그런 사람.
61) 조선시대, 홍문관의 정3품 벼슬.

이 창절하여 세상에 이름이 높았다.

이개는 평소에 그의 숙부 이계전이 세조와 친분이 두터웠던 것을 경계했다. 친국을 받을 때 세조는 그 때의 일을 불쾌하게 여겼던 터였다.

"지난 날 네가 숙부 계전을 경계했다는 말을 들었다. 그 때부터 다른 뜻이 있었던 게 아니더냐."

"너는 옛날 내 친구이니 숨기지 말고 바른대로 말을 하라."

이개도 한 때 세조와는 가까운 사이었다. 그런 그였지만 세조의 회유를 끝내 거절, 단종에 대한 절의를 끝까지 지켰다.

그는 자신의 옷을 이겨내지 못할 정도로 몸이 매우 가냘팠다. 동지들은 그 몸으로 혹형을 어찌 견뎌낼지 걱정했다. 혹독한 형벌에도 그는 안색하나 변하지 않았다. 이를 보고 많은 사람들은 눈시울을 적셨다.

"무슨 형벌이 이러합니까? 어진 사람은 이렇게 하지 않는다고 합니다. 나으리."

그는 태연히 형을 받았다. 몸가짐이 한점도 흐트러지지 않아 형벌 당하는 이들의 모범이 되었다.

이개는 성삼문 등과 함께 같은 날 거열형을 당했다. 수레에 실려 새남터 형장으로 끌려갈 때 그는 다음과 같은 절명시 한 수를 남겼다.

우정(禹鼎)처럼 중하게 여길 때 사는 것 또한 중하지만
홍모(鴻毛)처럼 가벼이 여겨지는 곳엔 죽는 것도 영광이네
새벽녘까지 잠 자지 못하고 있다 중문 밖을 나서니
현릉의 송백이 꿈속에 푸르구나!

낙빈서원
(대구광역시 달성군 하빈면 묘리 792)
박팽년을 비롯한 사육신의 절의를 추모하기 위하여 위패를 모셨다.

우정은 우나라 우왕이 9주의 쇠를 거두어 9주를 상징하여 만든 9개의 솥을, 홍모는 기러기 깃, 아주 가벼운 물건을 말한다. 삶과 죽음을 무거운 우정과 가벼운 홍모에 빗대어 읊었다. 현릉은 단종의 아버지인 문종의 능이다. 사는 것도 중하지만 죽는 것도 영광이라. 현릉의 소나무가 꿈속에서도 푸르고 푸르구나. 비통한 마음을 현릉의 푸르른 송백은 어찌 알 것인가.

영조 때 이조판서로 추증되었다. 노량진의 민절서원, 대구의 낙빈서원, 홍주의 노운서원, 한산의 문헌서원, 의성의 충렬사 등에 배향되었다. 시호는 충간이다.

처형 후 새남터에는 사육신 시신들이 버려져 있었다. 후환이 두려워 시신을 수습해주는 이는 아무도 없었다. 김시습은 한밤중에 스님과 함

께 시체들을 거둬 한강 남쪽 따뜻한 언덕에 묻어주었다. 지금의 노량
진 사육신 묘는 그렇게 해서 생겨났다.

김시습은 1456년(세조 2) 사육신의 시신들을 장례 지내준 뒤 계룡산
동학사 경내의 삼은각 옆에 단을 만들어 제사를 지내주었다. 지금의
숙모전이다.

삶은 어디까지이고 죽음은 어디까지인가. 지금에 와서도 빛이 나는
것은 그들의 삶이 티 없이 맑고 깨끗했기 때문이다. 빛은 어두울수록
더욱 밝게 빛나는 법이다. 빛을 남긴 분들이 있어, 때 묻은 우리의 삶을
비춰볼 수 있으니 우리는 그래도 행복하지 않은가.

성삼문의 「이 몸이 죽어가서 …」

이 몸이 주거 가셔 무어시 될고 ᄒ니
蓬萊山 第一峰에 落落長松 되야이셔
白雪이 滿乾坤홀 제 獨也靑靑 ᄒ리라

— 『악학습영』 63, 『청구영언』(진본) 16

성삼문(成三問, 1418, 태종 18~1456, 세조 2)

　조선 초기 문신이자 사육신의 한 사람으로 본관은 창녕, 자는 근보, 호는 매죽헌이다. 집현전 학사로 시문에 능했으며 훈민정음 창제시 음운 연구를 위해 요동에 있는 황찬을 열세 번이나 찾았다. 단종 복위 실패로 거열형을 당했다. 저서로 『매죽헌집』이 있다.

◆ 어휘풀이
봉래산 : 중국의 전설에서 삼신산의 하나. 이 삼신산은 동쪽 바다
　　　　복판에 있어 신선이 산다는 봉래, 방장, 영주의 세 산을 말함.
낙락장송 : 가지가 드리운 큰 나무
만건곤 : 천지에 가득함.
독야청청 : 혼자만이 늘 푸름.

만고의 충신, 성삼문

이 몸이 죽어가서 무엇이 될꼬하니
봉래산 제일봉에 낙락장송 되었다가
백설이 만건곤할 제 독야청청하리라.

세조는 태종의 하여가로 성삼문의 마지막 마음을 돌려보려고 했다. 이 시조는 세조의 하여가에 화답한 성삼문의 충의가이다. 봉래산은 동쪽에 선인이 산다는 산 혹은 여름철 금강산을 말한다. 낙락장송은 가지가 축 늘어진 큰 소나무를 말한다. "이 몸이 죽어가서 무엇이 될고하니 봉래산 제일봉에 낙락장송 되었다가 백설이 천지를 덮을 때 홀로 푸르고 푸르리라."라고 대답한 것이다.

그의 지조를 엿볼 수 있는 또 하나의 시조가 있다.

수양산 바라보며 이제를 한하노라
주려 죽을진들 채미도 하는 것가
아무리 푸새엣 것인들 긔 뉘 땅에 났더니

주나라 무왕이 은나라 주왕을 치려고 할 때 백이·숙제가 '제후가 왕을 치는 것은 도리에 어긋난다.'고 말했다. 이를 무왕이 받아들이지 않자 이제는 수양산에 들어가 고사리를 캐먹으며 살았다. 굶어죽을 망정 고사리는 왜 캐먹었느냐이다. 고사리도 결국 무왕이 지배하는 주나라

충곡서원
(기념물 제12호, 충남 논산시 부적면 충곡리 산 13)
계백 장군, 사육신을 비롯 18위가 배향되어 있다.

땅에서 난 것이 아니냐고 나무라고 있다. 그의 곧은 지조를 엿볼 수 있는 시조이다. 자신은 세조를 왕으로 인정하지 않았기에 세조가 준 녹봉을 하나도 먹지 않았다.

성삼문은 사육신의 한 사람으로 본관은 창녕, 호는 매죽헌이다. 충남 홍성 출생이다. 태어날 때 하늘에서 "낳았느냐?" 하는 소리가 세 번 들려서 이름을 삼문이라고 지었다. 1438년(세종 20) 식년문과 정과로 급제, 집현전 학사로 세종의 총애를 받았다. 신숙주와 함께 명나라 요동의 음운학자 황찬을 13번이나 찾아갔으며 훈민정음 창제에 큰 공헌을 했다. 1455년 세조가 단종을 위협, 선위를 강요하자 그는 국새를 끌어안고 통곡했다. 이듬해 단종 복위를 꾀하다 처형당했다.

성삼문이 숙직할 때였다. 밤이라도 함부로 의관을 벗지 못했다. 언제 세자(문종)가 들이닥칠지 몰라서였다. 밤이 깊어 삼경이 지났다. 이제는 세자의 행차가 없으려니 생각하고 옷을 벗고 누웠다. 이 때 창밖에서 "근보" 하고 소리가 들려왔다.

세자가 성삼문의 자를 부르며 들어왔다. 성삼문은 황망히 일어나 밤 늦게 세자를 맞아들였다. 그날 밤 세자는 삼문과 밤새도록 학문을 토론했다. 이렇게 성삼문은 세자의 가장 친근한 벗이었다.

성삼문, 박팽년 등 집현전 학사들은 단종 복위를 위해 거사의 기회를 엿보고 있었다. 세조 2년, 1456년 6월 1일 창덕궁 광연전에서 명나라 사신들의 송별 연회가 있었다. 이 날을 거사일로 잡았다. 유응부와 성삼문의 부친 성승이 세조의 경호 별운검[62]을 맡기로 했다. 이 때 세조의 목을 단칼에 치고 권람 · 한명회 등 심복들을 베어 단종을 복위시키자는 계획이었다. 뜻밖에도 세조는 장소가 협소하고 덥고 하니 별운검을 들이지 말라고 했다. 수상쩍게 생각한 한명회가 세조에게 아뢰어 그런 분부를 내리게 된 것이다. 운명은 그들의 편이 되어주지 않았다.

김질은 계획이 탄로날까 두려워 장인 정창손에게 가 거사의 모든 비밀을 털어놓았다. 역사의 물줄기가 바뀐 것이다. 성삼문을 비롯한 박팽년 · 유응부 · 유성원 · 하위지 · 이개 등 관련자 전원이 체포되었다.

세조는 편전에 나가 직접 그들을 국문했다.

성삼문을 끌어냈다.

"어찌하여 과인을 배반하였느냐?"

---

62) 조선시대 임금이 거동할 때 운검을 차고 임금의 좌우에 서서 호위하던 임시 벼슬. 또는 그런 벼슬아치.

성삼문 유허비
(충청남도 문화재 자료 제164호, 충남 홍성군 홍북면 노은리 104)

"왕을 왕으로 복위시키는 것이 어찌 배반이라 할 수 있겠소?"

"어린 상왕이 나으리께 왕위를 빼앗겼으니 신하로서 당연한 도리가 아니겠소?"

"너는 왕을 왕이라 부르지 않고 나으리라고 불렀느니라. 너는 나의 녹을 먹고 있지 않느냐? 그것이 배반이 아니고 무엇이더냐?"

"상왕이 계신데 나으리께서 어찌 나를 신하라 할 수 있겠소. 나는 나으리의 녹을 먹지 않았소이다. 나를 믿지 못하거든 내 집 곳간을 살펴보시오."

세조는 대노했다. 쇠꼬챙이를 시뻘겋게 달궈 성삼문의 팔과 다리를 지졌다. 살점이 터지고 팔 다리가 찢겨졌다. 그래도 혹독한 고문은 계속되었다. 성삼문은 조금도 기가 죽지 않았다. 쇠가 식어지면 다시 달구어 오라고 소리쳤다.

그는 참형되기 전 시 한 수를 읊었다.

성삼문 묘소
(충청남도 문화재 자료 제81호, 충남 논산시 가야곡면 양촌리 산 58)
시신의 일부가 묻히게 되었다고 하여 일지총이라고도 전해진다.

둥둥둥 북소리는 목숨을 재촉하는데
돌아서 바라보니 해는 서산에 지고 있구나.
머나먼 황천길엔 주막 하나 없고
이 내 몸 오늘 밤엔 뉘 집에서 묵었다 가리.

그의 부친 성승과 아들 다섯과 동생, 사촌들이 모두 죽었고 부인은
관비가 되었다. 곳간을 뒤져보니 세조에게 받은 녹비가 고스란히 쌓여
있었다. 방안에는 불을 지핀 지 오래 되어 온기 하나 없고 거적대기 몇
개만 깔려있을 뿐이었다.

세조는 그래도 "일대의 죄인이요, 만고의 충신이다."라 하여 그의 충
절에 감탄했다.

성삼문의 일지를 묻은 묘가 충남 논산 은진에도 있다. 고향 홍성에는
사육신의 위패를 모신 노은단이 있다. 장릉의 충신단에 배향되었고 영

월의 창절사, 서울 노량진의 의절사, 공주 동학사의 숙모전에 제향되었다. 숙종 17년, 1691년에야 관직이 회복되었다. 시호는 충문, 저서로 『매죽헌집』, 문집엔 『근보집』이 있다. 외에 절의가 시조 1수가 전하고 있다.

변하지 않는 것이 있다. 충과 효 그리고 의이다. 삼문은 짧은 일생을 의와 함께 살다 갔다. 충의가만큼 '의'의 의미를 나타내주는 시조는 고금 어디에도 없을 것이다.

유성원의 「초당에 일이 없어…」

草堂에 일이 업서 거문고를 베고 누어
太平 聖代를 꿈에나 보려 ᄒ니
門前에 數聲 魚笛이 줌 든 나를 씨와라

— 『악학습영』 65, 『청구영언』(진본) 402

유성원(柳誠源, ?~1456, 세조 2)

조선조 초기 문신으로 사육신의 한 사람이다. 본관은 문화 자는
태초, 호는 낭간이다. 문과에 급제하여 집현전 학사로 수찬, 대교
등을 역임했다. 단종 복위를 꾀하다 실패, 집으로 돌아가 자결했다.

◆ 어휘풀이
베고 : 베개 삼아 베고
누어 : 누워서
태평성대 : 태평한 세월
수성어적 : 고기잡이의 피리 소리
씨와라 : 깨우는구나.

진정한 선비, 유성원

수양대군이 계유정란을 일으켜 영의정 황보인, 좌의정 김종서 등을 살해하고 정권을 잡았다. 그는 옛날 주공에 비겨 정난 녹훈[63]의 교서를 집현전 학사로 하여금 기초하도록 했다. 이 때 집현전 학사들이 모두 도망갔다. 그 바람에 남아있던 유성원이 협박 끝에 교서를 작성했다. 집으로 돌아와서는 분함을 참지 못하고 그만 통곡했다.

그도 단종 복위 계획 모의에 참여했다. 일이 발각되자 성삼문·박팽년 등이 차례로 잡혀 들어갔다. 그 때 그는 성균관에 있었다. 유생들에게 친국이 벌어졌다는 소식을 듣고 집으로 돌아왔다. 아내와 함께 술을 마시고는 사당으로 올라갔다.

오래도록 나오지 않았다. 식구들이 이상히 여겨 가보았으나 이미 숨이 끊어져 있었다. 관대도 벗지 않은 채였다. 패도를 뽑아 자신의 목을 찔러 자결한 것이다. 금부도사가 올 때까지 아내는 남편이 왜 죽었는지 그 까닭을 알지 못했다. 유성원의 시체는 형장에서 갈기갈기 찢겨졌다.

초당에 일이 없어 거문고를 베고 누워

---

63) 훈공을 장부나 문서에 기록함.

세종실록(국보 제151호)

> 태평성대를 꿈에나 보려터니
> 문전에 수성어적이 잠든 나를 깨와다

초당에 일어 없어 거문고를 베고 누워 태평성대를 꿈에나 보려했더니 문전 어부의 피리 소리가 잠든 나를 깨우는구나.

겉으로 보기에는 한가로운 어촌의 풍경을 읊은 듯하나 사실은 수양대군이 정변을 일으킨 계유정란을 빗대어 노래한 시조가 아닌가 생각된다. 세종조의 태평성대를 꿈에서나 보려 했더니 피비린내 나는 쿠데타로 그만 꿈은 산산조각이 나버린 것이다. 그것을 탄식한 시조이리라.

유성원은 조선 초기의 문신으로 사육신의 한 사람이다. 본관은 문화 자는 태초, 호는 낭간이다. 1444년 식년 문과에 급제하고 1447년 문과 중시에 급제했다. 의학전서 『의방유취』의 편찬에 참여하였고 『고려사』 개찬, 『세종실록』의 찬술에도 참여하였다.

생육신의 한 사람인 남효온은 단종 복위 사건의 주동인물 6명을 선정, 「육신전」을 지었다. 이후 그들의 절의를 국가에서 공인하고 관작을 복위시킬 때 유성원은 이조판서에 추증되었다.

노량진의 민절서원, 홍주의 노운서원, 영월의 창절사 등에 제향되었으며 시호는 충경이다. 시조 1수가 『가곡원류』에 전하고 있다.

하루는 집현전 학사들이 송나라 조정의 인물을 논하다가 왕안석의 얘기가 나왔다.

"왕안석은 『송사』의 어느 전에 들어있는가?"

"물론 간신전에 실려 있을 것이오."

이에 유성원이 말했다.

"왕안석이 비록 신법을 만들어 천하를 어지럽힌 소인이기는 하나 문장과 절의가 뛰어났으니 그의 본마음을 냉정히 살펴보면 나라를 걱정하고 백성을 사랑치 않음이 아니었을 것이오. 진회ㆍ채경의 무리와는 함께 할 인물이 아니며 반드시 열전 속에 실려 있을 것이오."

그들의 의견을 반박했다.

얼마 후 『송사』가 들어와 살펴보았다. 과연 그의 말대로 왕안석은 열전에 실려 있었다.

이렇게 그는 경서에도 조예가 깊었다.

집현전 남쪽에 큰 버드나무가 있었다. 어느 해 흰 까치가 날아와 깃들고 흰 새끼를 낳았다. 그런데 그 나무가 홀연 말라죽었다. 집현적 학사들이 유성원을 두고 희롱했다.

"화가 반드시 유(柳, 버들유)로부터 시작될 것이다."

유성원이 죽고 얼마 후에 집현전이 없어졌다. 희롱이 들어맞았다. 집현전 서책은 모두 예문관으로 옮겨졌다. 사육신의 죽음과 함께 집현전도 그 명을 다하고 만 것이다.[64]

죽은 공명이 산 사마중달을 쫓는다는 말이 있다. 죽은 의로운 사람은 살아있는 어리석은 사람을 쫓게 되어 있다. 튼튼한 뿌리는 꽃과 열매를 실하게 만들어 주는 법이다. 정신이 중요한 이유가 거기에 있다. 진실한 삶이 무엇인지 유성원의 인생이 이를 깨닫게 해주고 있다.

---

64) 최범서, 앞의 책, 220쪽.

千萬里 머나 먼 길에 고은 님 여희옵고
내 모음 둘 디 업서 냇 에 안자시니
져 믈도 니 안 굿 여 우러 밤길 녜놋다

— 『악학습영』 59, 『청구영언』(진본) 17

왕방연(王邦衍, ?~?)

생몰 연대 미상으로 단종이 영월로 유배갈 때 의금부 도사로 호송
한 인물이다.

◆ 어휘풀이

고은 님 : 단종을 이름.

여희옵고 : 이별하옵고

둘 디 : 둘 곳이

냇 에 : 냇가에

니 안 : 나의 마음

녜놋다 : 가는구나.

애틋한 연군지정, 왕방연

세조는 1457년 6월에 단종을 왕에서 노산군으로 강등시켜 영월로 유배시켰다. 10월에는 노산군에서 서인으로 강등시켜 사약을 내렸다. 이 때 금부도사[65]로 유배길도 호송하고 사약을 들고 간 이도 왕방연이 었다.

청령포에 단종을 두고 돌아오는 길이었다. 그는 곡탄 언덕에 앉아 여울물 소리를 들으며 이 시조를 지었다.

> 천만리 머나먼 길에 고운 님 여의옵고
> 내 마음 둘 데 없어 냇가에 앉자시니
> 저 물도 내 안 같아야 울어 밤길 예놋다

천만 리 머나먼 길에 사모하는 님을 두고 와 내 마음 둘 데 없어 냇가에 앉았으니 저 물도 내 마음 같아 울며 밤길을 가는구나. 단종에 대한 곡진한 그리움이 지금도 우리들의 가슴을 울리고 있다.

왕방연은 사약을 들고 차마 단종의 처소에 들어갈 수 없었다. 머뭇대자 나장이 재촉했다.

---

65) 의금부의 책임을 맡은 벼슬아치. 조선시대 죄인을 추국하는 일과 조정의 대옥을 맡아 보던 의금부의 종5품 벼슬.

"어명이오."

단종은 관복을 갖추고 금부도사에게 까닭을 물었다.

"금부도사가 또 어인 일인가?"

왕방연은 말도 못하고 뜰에 엎드려 흐느낄 뿐이었다.

단종 곁을 시중들던 공생(貢生)[66]이 공을 세워볼까 금부도사도 하지 못하는 일을 자청했다. 공생은 활시위로 올가미를 만들었다. 문틈 뒤로 올가미를 단종의 목에 걸어 힘껏 잡아 당겼다. 단종은 비명을 질렀다. 그리고는 천근의 몸을 부렸다. 1457년 10월 24일 단종의 나이 17세였다. 단종은 무거

관음송
(천연기념물 제349호, 강원 영월군 남면 광천리 산 67-1)
단종의 비참한 모습을 보았고 오열하는 소리를 들었다 하여 관음송이라고 하였다.

웠던 한 많은 생을 마감했다. 시신은 그대로 강물에 던져졌고 그날 밤 거센 폭풍우가 몰아쳤다. 검은 안개비로 지척을 분간할 수가 없었다.

단종을 죽인 공생은 몇 발자국 걷다 피를 토해 죽었다. 단종을 모시고 있던 궁녀들도 강물에 몸을 던졌다. 단종과 궁녀의 시신이 강물에 떠 있으나 수습해주는 이는 아무도 없었다. 멸문지화를 당하기 때문이었다.

---

66) 관가나 향교에서 심부름하던 통인과 같은 사람.

청령포 단묘재본부유지비
(비지정문화재, 강원 영월군 남면 광천리 산 67-1)
제6대 임금 단종대왕께서 노산군으로 강봉, 유배되어 계셨던 곳으로 당시 이곳에 단종대왕 거처인 어소가 있었으나 소실되고 영조 39년에 이 비를 세워 어소 위치를 전하고 있다.

호장[67] 엄흥도라는 사람이 있었다. 그는 단종의 죽음을 듣고 대성통곡을 했다. 그리고는 시신을 수습하여 동을지에 무덤을 마련해 주었다. 지금의 장릉이다.

이후 영월에 부임하는 부사[68]들은 첫날밤을 넘기지 못하고 죽어나갔다. 어느 누구도 영월 부사로 가는 것을 꺼려했다. 이러한 소문은 궁중은 물론 조선 팔도에 이르기까지 급속히 퍼져나갔다.

영월 부사를 자청한 이가 있었다. 부임 첫날이었다. 그는 정중하게 관복을 차려 입고 밤늦게까지 관헌에 앉아 있었다. 밤이 깊어지자 한바탕 바람이 불더니 순간 불이 꺼졌다. 대들보가 흔들리고 선반 위의 물건들이 우수수 떨어졌다. 잠시 후 소년 혼령이 수십 명의 신하를 거느리고 나타났다. 그리고는 뚜벅뚜벅 동헌 마루로 올라갔다. 단종의 영혼이라는 것을 직

---

67) 각 고을 아전의 맨 윗자리.
68) 조선시대에 둔 대도호부사와 도호부사를 통틀어 이르던 말. 대도호부의 으뜸가는 지방관. 조선왕조 때는 정3품으로 임명했다.

관풍헌

(강원도 유형문화재 제26호. 강원 영월군 영월읍 영흥리 984-3)
1456년(세조 2년)단종이 유배되었던 청령포에 홍수가 나자 단종의 거처
로 사용되었던 건물로 단종은 관풍헌에 머물면서 인근의 자규루에 올
라 자규시를 읊었다고 전해지고 있다. 1457년 10월 24일 17세의 일기로
관풍헌에서 사사되었다.

감했다. 부사는 동헌 마루로 내려가 예우를 올리고 하회를 기다렸다.

"나는 공생의 활시위에 묶여 목숨을 잃었다. 목이 답답하여 견딜 수
없으니 이 줄을 풀어 달라."

"저는 임금님의 옥체가 어디있는지 모르옵니다."

"엄홍도라는 사람을 찾아 물어보라."

한바탕 바람이 불더니 혼령들은 순식간에 사라졌다.

아침이 되었다. 사람들은 장례 준비에 바빴다. 죽은 줄만 알았던 부
사가 관복을 차려입고 동헌에 곧추앉아 있지 않은가. 엄홍도를 불렀
다. 매장한 곳을 파보니 용안은 변함이 없었고 목에는 가느다란 활시
위가 감겨져 있었다. 부사는 단종을 모시고 정중히 제사를 지내주었

왕방연 시조비
청령포 나루터에서 서쪽으로 약 200m 지점
에 위치해 있다.

다. 영월은 다시 평온을 찾았다.

영조조에 이르러 엄홍도에게 공조참
판[69]을 증직하고 정문을 세워주었다.
임금이 다음과 같은 제문을 지어주었
다.

세상에 어찌 충신·열사가 없으리요
마는 정축년의 충렬과 같은 일이 있을
수 있으리요. 슬프도다. 그 당시에 어찌
도신과 수령이 없었으리요마는 또한 아
랑곳이 없었거늘 일개 호장의 몸으로서
능히 큰 절개를 이룩하였으니 어찌 장하
다 아니 하리요. 아아, 사육신은 비록 임
금을 받드는 성심에서 일을 계획하였다
할지라도 영월 호장이야 무슨 바람이 있어 여러 친척들의 만류에도 돌보
지 않고 이런 일을 감행했는가. 이러한 아름다운 일을 백세에 전하여 그
충의를 빛나게 할지어다.[70]

왕방연은 생몰 연대 미상으로 조선 초기 문신이다. 사육신, 금성대
군의 단종 복위 사건은 결국 단종의 유배와 사약으로 이어졌다. 심부
름꾼, 금부도사가 무슨 힘이 있으랴만 그래서 나온 시조이기에 더더욱
애틋하다.

---

69) 조선시대 공조에 둔 종2품의 관직.
70) 이가원, 「이조명인열전」(을유문화사, 1965), 60쪽.

영월에는 청령포의 단종어소, '동서 300척, 남북으로 490척이라 새겨진 금표비, 단종의 비참한 생활의 통곡 소리를 들었다는 600년이나 되는 관음송, 사약을 받은 자리 관풍헌, 달 밝은 밤 단종이 자규시를 읊었다는 자규루 등이 있다. 그리고 한양에 두고 온 왕비 송씨를 그리워하여 쌓아 올렸다는 망향탑, 엄홍도의 충절을 새긴 정려각, 청령포에 새겨진 왕방연 시조비가 있다. 그리고 장릉이 있다.

한밤중 자규의 울음소리는 듣는 이를 처연하게 만든다. 누각에서 듣는 자규 울음이야 말해서 무엇하겠는가. 17세에 자규 울음을 들었을 단종을 생각해본다.

『장릉지』에 전하는 단종의 자규시 한 수를 싣는다.

> 원통한 새가 되어 제궁을 나오니
> 외로운 그림자 산중에 홀로 섰네
> 밤마다 잠들려 해도 잠을 못 이루고
> 해가 가고 해가 와도 한은 끝 없어라
> 두견새 소리 그치고 조각달은 밝은데
> 피 눈물은 흐르고 골짜기에 지는 꽃은 붉구나
> 하늘도 저 슬픈 하소연을 듣지 못하는데
> 어찌하여 시름 젖은 내 귀에는 잘 들리는가.
>
> —단종의 「자규시」

원호의 「간밤에 울던 여울 …」

간밤에 우던 여흘 슬피 우러 지내여다
이제야 싱각ᄒ니 님이 우러 보내도다
져 물이 거스리 흐르고져 나도 우러 녜리라

— 『악학습영』 589, 『『청구영언』(진본)』 296

원호(元昊, ?~?)

생몰 연대 미상으로 본관은 원주, 자는 자허, 호는 관란재·무항
이다. 생육신의 한 사람으로 집현전 직제학을 지냈다. 단종이 영월
로 유배되자 강 맞은편에 집을 짓고 당호를 관란이라 하고 조석으
로 울며 지냈다. 세조가 호조참의를 제수했으나 불응하고 고향으로
돌아가 여생을 마쳤다.

◆ 어휘풀이

지내여다 : 지냈도다.

거스리 : 거슬러, 거꾸로

흐르고져 : 흘렀으면, 흐르게 하고 싶구나.

녜리라 : 흐르리라, 가겠도다.

연군지정 생육신, 원호

간밤에 울던 여울 슬피 울며 지내거다
이제야 생각하니 님이 울어 보내도다
저 물이 거슬러 흐르과저 나도 울어 예리라

지난밤에 울던 여울물 소리 슬피 울며 지나갔구나. 이제야 생각하니 임의 울음 내게 보낸 소리였구나. 내 울음소리 님께 보내고자 저 물이 거슬러 흘렀으면 좋으련만.

원호가 세조 등극 후 관직을 버리고 단종이 유배된 영월까지 따라가 있으면서, 그 곳에서 읊은 노래이다.

원호는 생육신의 한 사람으로 생몰 연대 미상이다. 본관은 원주 호는 관란·무항이다. 세종 5년 1424년 문과에 급제하고 집현전 직제학에 이르렀다.

수양대군이 왕권을 찬탈하자 벼슬을 사직하고 고향 원주로 돌아가 초야에 묻혔다. 단종이 영월로 유배되자 영월의 서쪽에다 집을 짓고 관란재라 했다. 조석으로 단종이 있는 곳을 바라보며 눈물을 흘렸다. 시를 지어 흐르는 물에 띄워 보내기도 했다.

가족들이 만류했다.

"3년 동안 집으로 돌아오지 않겠소. 거기에서 3년상을 보낼 것이오."

그는 원주를 떠났다. 영월 땅 산속 토굴에서 풀뿌리로 연명하며 3년

정충각(강원 원주시 개운동)
관란 원호의 충신 정문

상을 보냈다. 한숨과 눈물의 연속이었다. 상을 마치고 가족이 기다리
는 원주로 돌아와 두문분출, 세상과 등졌다.

"왜 문 밖을 나가지 아니하시고 그 자리에만 앉아 계십니까?"

아들이 여쭈었다.

"상왕이 돌아가신 곳이 영월 땅이니라. 그 분을 추모하기 위해 이렇
게 앉아 있느니라. 임금을 지켜주지 못하고 세상을 뜨셨으니 무슨 면
목으로 세상에 나갈 수 있겠느냐?"

원호는 단종을 생각하는 마음뿐이었다. 그는 일체 문 밖을 나서지 않
았다.

조카인 판서 원효연이 찾아뵙기를 청했다. 그러나 끝내 문을 열어주
지 않았다.

사람들은 그의 얼굴을 볼 수 없었다. 원호의 곧은 마음은 경향 각지
에 알려져 조정의 많은 지인들이 찾아왔다. 그러나 원호는 만나주지

않았다.

세조도 이런 원호의 충성심에 감격하여 호조참의[71]를 제수했으나 응하지 않았다.

어느 날 관찰사가 찾아와 애원하듯 말했다.

"이제 노여움을 푸시고 다시 세상에 나와 나라를 위해 일을 해봅시다."

"당신이나 신왕을 모시고 도와 드리시오. 나는 싫소이다."

원호 선생 유허비
(충청북도 기념물 제92호, 충북 제천시 송학면 장곡리 산 14-2)

"전왕의 신하로서 어찌 내가 또 다른 임금을 섬길 수 있겠소?"

세조의 명을 받들고 찾아온 사람은 절대 만나주지 않았다. 영월을 향해 읍만 할 뿐이었다. 그는 죽을 때까지 앉을 때도 동쪽을 향해 앉았고 누울 때도 동쪽을 향해 누웠다. 장릉이 거기 있기 때문이다.

원주는 관헌에서 가까워 찾아오는 사람들이 많았다. 그래서 그는 더 깊은 산속으로 들어갔다. 청산을 벗 삼으며 산속에서 일생을 마쳤다.

세조 아래에서 한평생 벼슬하지 않고 단종을 위해 절의를 지킨 6명

---

71) 조선시대 호조에 둔 정3품의 당상관 벼슬. 위로 호조판서, 호조참판이 있고, 아래로 호조정랑, 호조좌랑이 있다.

원호 선생 묘소
(원주시 향토유적 제4호, 강원 원주시 판부면 서곡리)

의 신하가 있다. 김시습 · 남효온 · 원호 · 이맹전 · 조려 · 성담수이다.
이를 생육신이라 한다. 이들은 한평생 단종을 그리다가 죽었다.

　손자 숙강이 사관이 되어 직필로 화를 당하자 자신의 저술을 모두 불
태웠다. 그리고는 아들들에게 글을 읽어 명리를 구하지 말라고 했다.
이 때문에 집안에는 그의 기록이 전혀 남아있지 않다. 경력과 행적도
전하는 것이 없다.

　1699년(숙종 25) 판부사 최석정의 건의로 고향에 정려가 세워지고
1703년 원천석의 사당에 배향되었다. 1782년(정조 6) 김시습 · 남효
은 · 성담수와 함께 이조판서에 추증되었다. 함안의 서산서원, 원주의
칠봉서원에 제향되었으며 시호는 정간이다. 그가 토굴을 파고 은거했
던 토실마을 모현사에서 음력 3월 3일에 후손과 유림들이 원호의 충절
을 기리고자 정사를 지내고 있다. 시조 2수가 전하고 유저로『관란유
고』가 있다.

언제 나서 언제 죽었는지 기록조차 남기지 않은, 스스로를 죽이면서 영원히 산 원호. 애틋한 연군지정이 이 말고 또 어디 있으랴. 진실한 마음은 수백 년이 흘렀어도 이렇게 우리의 가슴을 뭉클하게 한다.

남이의 「장검을 빠혀들고 …」

長劍을 쌔혀 들고 白頭山에 올나 보니
大明 天地에 腥塵이 줌겨셰라
언제나 南北 風塵을 헤쳐 볼고 ᄒ노라

　　　　　　　　－ 『청구영언』(진본) 106, (가람본) · 17

　남이(南怡, 1441, 세종 23∼1468, 예종 즉위년)

　조선 전기 무신으로 본관은 의령이며 어머니는 정선공주이다. 17
세에 무과에 급제, 이시애의 난을 토벌한 공으로 일등 공신이 되었
다. 27세에 병조판서가 되었으며 유자광의 역모에 몰려 28세에 처
형당했다.

◆ 어휘풀이
　백두산 : 함경남북도와 만주와의 국경 사이, 장백산맥의 동방에
자리잡은 한국 제일의 명산.
　대명 천지 : 환하게 밝은 세상
　성진 : 전진. 전란으로 인한 소란
　줌겨셰라 : 잠겼구나.
　남북 풍진 : 남만과 북적의 병란

영원한 무장, 남이

장검을 빠혀들고 백두산에 올라보니
대명천지가 성진에 잠겨세라
언제나 남북풍진을 헤쳐볼까 하노라

남이가 이시애의 난(1467)을 평정하고 여진을 정벌한 후 돌아올 때 지었다. 긴 칼을 빼어들고 백두산에 올라보니 밝은 천지에 전운이 감도는구나. 남만과 북적의 병란을 언제라도 평정하여 보겠노라. 호기가 이다. 무장의 씩씩한 호기와 기상이 잘 드러나 있다.

남이의 본관은 의령, 태종의 외손자이며 권람의 사위이다. 세조 3년(1457) 17세에 무과에 급제했고 26세에 병조판서가 된 입지적 인물이다.

예종이 왕위에 오른 지 며칠이 되었다. 남이는 궁중에서 숙직하고 있었다. 이 때 하늘에서 갑자기 혜성이 나타났다.

"혜성은 옛것을 없애고 새것을 맞이할 징조이다."

남이가 중얼거렸다.

유자광이 이 말을 들었다. 그는 평소 남이가 세조의 총애를 받고 있는 것에 대해 심한 질투심을 갖고 있었고, 같은 공신이면서 누구는 판서에, 누구는 참지[72]에 머물러 있는 것에 불만을 품고 있었다. 예종이

---

72) 조선시대 병조의 정3품의 관직.

남이장군묘
(경기도 기념물 제13호, 경기 화성시 비봉면 남전리 산 145)

남이를 꺼려한다는 것도 그는 누구보다도 잘 알고 있었다.

유자광은 왕에게 '남이가 모반을 꾀하고 있다.'고 거짓 고변했다.

남이는 여진 토벌을 하고 돌아오면서 다음과 같은 한시 1수를 지었었다.

> 백두산 돌은 칼을 갈아 없애고
> 두만강 물은 말이 마셔 다하도다
> 사나이 스무 살에 나라를 평정 못하면
> 후세에 누가 대장부라 이르리오

이 시가 남이에게 올가미가 된 것이다.

"남이는 '나라를 평정 못하면(未平國)'이라고 말한 바 있사온데 이는 '나라를 얻지 못하면(未得國)'이란 뜻이옵니다."

"남이는 나라를 얻으려고 미리 준비하고 있었나이다."

"이것이 반역이 아니고 무엇이겠나이까?"

유자광은 예종을 속여 이렇게 남이를 무고했다.

예종은 남이를 역모죄로 다스렸다.

"죄인은 거짓 없이 낱낱이 고하라. 공범자는 누구이더냐?"

남이는 꼼짝없이 당했다. 영의정 강순은 남이에게 한마디 변명조차
해주지 않았다. 강순은 이시애의 난 때 남이와 함께 출정하여 큰 공을
세운 인물이었다. 남이가 역모를 꾸밀 인물이 아니라는 것을 누구보다
도 잘 알고 있었다. 남이는 이러한 강순이 괘씸했다.

"강순도 역적모의에 가담하였사옵니다."

강순은 모함이라고 극구 변명했으나 남이의 거짓 자백에 그만 역적
의 누명을 쓰고 말았다. 강순은 80세의 노정승이었고 남이는 28세의
혈기왕성한 무인이었다.

"나는 아무 죄가 없는데 네가 왜 공연히 내 이름을 댔느냐?"

강순이 힐책했다.

"당신이 영상의 지위에 있으면서 남의 억울한 죄를 밝혀주지 못했으
니 어찌 영상의 자격이 있다고 하겠는가. 나하고 같이 죽어도 억울할
것이 없지 않겠는가?"

남이는 이렇게 맞대꾸했다.

죽은 사람은 남이 · 강순을 비롯해 남이의 어머니와 그의 심복 등 30
여 명이다. '남이의 옥'은 이렇게 해서 끝났다. 남이의 인물이 뛰어난
것이 화근이 된 것이다. 그의 출세를 시기하는 간신배들에 의해 남이
는 죽임을 당했고 왕권을 강화하려는 예종과 이를 견제하려는 훈구세

력과의 알력에 의해 일찍이 희생되었다.

　김종서는 세조에게, 남이는 세조의 아들 예종에게 억울한 죽임을 당했다. 나라의 동량이 두 부자에 의해 희생된 것이다. 부전자전, 역사의 아이러니라 아니할 수 없다.

　남이에 대한 일화 한 토막을 소개한다.

　　남이는 평소 뛰어난 용기를 지니고 있었다. 그가 어렸을 때의 일이다. 하루는 길에서 놀다가 한 하녀가 좋은 소반을 이고 지나가는데 분을 바른 작은 여자 귀신이 그 위에 걸터앉아 있었다. 자못 괴이하게 생각하고 그 뒤를 따라가며 엿보았다. 주자동의 한 대문에 이르렀다. 우의정 권람의 집이었다.

　　그런데 갑자기 울음소리가 들려왔다. 권람의 작은 딸이 소반에 담아온 감 하나를 먹고 졸지에 죽어버린 것이다. 남이가 뵙기를 청하여 스스로 소녀를 구할 수 있다고 말했다. 권람은 시험 삼아 남이와 함께 안으로 들어가 보았다. 남이는 분을 바른 귀신이 소녀의 가슴에 걸터앉아 있는 것을 보았다. 귀신이 남이를 보고 황급히 도망가 버렸다. 소녀가 곧 다시 살아났다. 남이가 밖으로 나가면 소녀는 또 죽었다. 권람은 남이를 불러 사위로 삼기로 하고 그 부부의 운명을 소경 점쟁이 홍계관에서 물었다.

　　"남이는 젊은 나이로 최고의 영예를 얻겠으나 마무리를 짓지 못하고 일직 죽게 되고 따님도 남이보다 일찍 죽게 된다."[73]

　1818년(순조 18) 강순과 함께 남이의 관작이 복구되고 창녕의 구봉서원, 서울 용산의 용문사, 서울 성동의 충민사에 배양되었다. 시호는 충무, 시조 3수가 전한다.

---

73) 『금계필담』(명문당, 1985), 275~276쪽.

400여 년이 지난 후인 1818년(순조 18) 우의정 남공철의 주청으로 관작이 복귀되었다.

남이 장군 묘소는 경기도 화성시 비봉면 남전리 산145에 있다. 강원도 춘성군 남면의 남이섬에도 남이가 묻혔다는 전설이 있는 돌무더기가 있다.

잘나면 밀어주고, 못나면 일으켜주어야 하는 것이 성숙된 사회이다. 세상에 영원한 것은 아무것도 없다. 이 시대에 성찰해보고 음미해 봄직한 사건이다.

秋江에 밤이 드니 물결이 츠노미라
낙시 드리치니 고기 아니 무노미라
無心흔 둘빗만 싯고 뷘 비 저어 오노미라
　　　　　　　　　　－『악학습영』 593, 『청구영언』(진본) 308

　월산대군(月山大君, 1454년, 단종 2~1488년, 성종 19).
　조선 전기의 종실로 이름은 정, 자는 자미, 호는 풍월정이며 본관
은 전주이다. 덕종의 맏아들이며, 성종의 형이다. 문장이 뛰어났으
며 시호는 효문이다. 저서로 『풍월정집』이 있다.

◆ 어휘풀이
츠노미라 : 차구나.
드리치니 : 들이치니
무노미라 : 무는구나.
뷘 배 : 빈 배

비운의 풍월정, 월산대군

왕의 후사 문제를 결정할 최고 책임자는 왕실의 큰 어른인 세조비 정희왕후였다.

정희왕후는 한명회, 신숙주 등 원상들과 후사를 논의하면서 다음과 같은 전교를 내렸다.

"이제 원자가 바야흐로 어리고, 또 월산군은 어려서부터 병에 걸렸으며, 자을산군은 비록 어리기는 하나 세조께서 일찍이 그 도량을 칭찬하여 태조에 비하는 데에 이르렀으니, 그로 하여금 주상(主喪)을 삼는 것이 어떻겠는가?"[74]

예종은 재위 1년 2개월, 20세에 갑자기 세상을 떠났다. 예종에게는 정비가 낳은 왕자 인성대군과 계비가 낳은 왕자 제안대군이 있었다. 그리고 예종의 형인 덕종의 아들 월산대군 정과 자을산군 혈이 있었다.

세습 전통으로 보면 월산대군이 왕위에 올랐어야 했다. 그런데도 월산대군은 건강이 좋지 않고 제안대군은 나이가 너무 어리다는 이유로 정희왕후는 자을산군 혈을 임금으로 앉혔다. 그가 조선 9대의 성군 성종이다. 그의 나이 겨우 13세였다.

왕자로 책봉된 의경세자가 죽자 월산군과 자을산군은 할아버지 세조

---

74) 이근호, 『이야기 조선 왕조사』(청아출판사, 2008), 199쪽.

망원정(서울특별시 기념물 제9호, 서울시 마포구 합정동 457-1)

의 사랑을 받으며 궁중에서 자랐다. 하루는 요란한 천둥 소리에 곁에 있던 어린 환관이 벼락에 맞아 죽었다. 곁에 있던 사람들은 놀라 허둥댔는데 자을산군은 낯빛 하나 변하지 않았다. 이를 본 세조가 범상치 않게 여겨 '이 아이의 기국과 도량이 우리 태조를 닮았다.'고 했다.[75]

자을산군이 왕위에 오른 것은 이러한 자을산군의 인물 됨됨이 때문만이 아니다. 국왕 사후 5~7일에 즉위식을 거행하는 것이 전례인데 죽은 다음 날 바로 거행되었다. 이는 그들 간의 정치적 야합이 구설수에 오를 것을 염려했던 것으로 매우 이례적인 일이었다. 당시 월산대군의 건강이 나쁘다는 근거도 없었고 자을산군 역시 제안대군과 같이 어리기는 마찬가지였다. 이는 정희왕후과 한명회의 정치적 결탁이 만들어낸 모종의 작품이었다. 한명회는 자을산군의 장인으로 구치관,

---

75) 위의 책, 200쪽.

신숙주와 함께 당대 최고의 권력자였다.

이러한 비정상적인 성종의 즉위에 대해 종실의 반발을 막지 않으면 안 되었다. 당시 막강한 세력을 구축하고 있는, 종실의 대표격인 구성군 준을 몰아내지 않으면 안 되었다. 한명회를 비롯한 여러 권신들은 이러한 구성군 준에게 역모의 혐의를 씌워 경상도 영해로 유배, 불씨를 아예 제거해 버렸다.

월산대군은 조선 전기 때의 종실로 덕종의 맏아들이며 성종의 형으로 평양군 박중선의 사위이다. 이름은 정, 자는 자미 호는 풍월정이다. 일찍이 아버지를 잃고 할아버지인 세조의 총애를 받으며 궁궐에서 자랐다.

월산대군 신도비
(향토문화재 제1호, 경기 고양시 덕양구 신원동 산 16–35, 출처: 심준용)

왕위에서 밀려난 비운의 주인공, 월산대군은 현실을 떠나 자연 속에 은둔하며 여생을 보내야만 했다. 그는 서호의 경치 좋은 양화도 북쪽에 위치한 희우정을 개축, 이를 망원정이라 하여 일생 시문을 읊으며 풍류로 여생을 보냈다.

「추강에…」는 이 때 쓴 시조로 보인다.

추강에 밤이 드니 물결이 차노매라
낚시 드리우니 고기 아니 무노매라
무심한 달빛만 싣고 빈 배 저어 오노라

월산대군묘
(향토문화재 제1호, 경기 고양시 덕양구 신원동 산 16-35, 출처: 심준용)

추강에 밤이 드니 물결이 차고 낚시 홀로 드리우니 고기는 물지 않는 구나. 애초부터 고기 잡는 일에 뜻이 없었으니 달빛만 싣고 일엽편주 빈 배만 저어 올 밖에. 인간 세상으로 돌아오고 싶지 않은 것인가, 마음의 상처를 아직도 다스리지 못하는 것인가. 아니면 자연을 지독히도 사랑해서 그러는 것인가. 달빛 함께 밤늦도록 놀다가 빈 배만 저어와 야 하는구나. 아름다운 동양화 한 폭으로 치부하기엔 비운의 주인공처 럼 뭔가 애처롭기까지 하다.

월산대군은 어머니인 덕종비 인수왕후의 신병을 극진히 간호하다가 자신도 병이 들어 35세의 젊은 나이로 죽었다. 적자는 없고 측실에 난 두 아들이 있었다.

그는 일찍이 학문을 좋아하여 종학[76]에 들어가 공부했고 경사자집(經

---

76)   조선시대 종실의 교육을 담당한 관청. 정4품의 아문이었으며 1428년(세종 10)에 설치

史子集)을 두루 섭렵했다. 조용하고 침착한 성품으로 술을 즐기며 산수를 좋아했다. 그의 문장은 율격이 높고 청아하여 당시 문인들이 탄복했다고 한다. 『속동문선』에 여러 편의 시문이 실렸고 유고를 모은 『풍월정집』이 간행되었다. 시호는 효문이다. 『청구영언』에 시조 1수가 전한다.

권력은 무상한 것. 결국 달빛만 싣고 빈 배만 저어 오는 것이 아닌가. 탐욕은 남들에게 피해를 줄 뿐 남들의 인생까지 망치게 된다. 세상은 욕심 부리지 않아도 살아갈 만큼은 주어지게 되어 있다. 이것이 인생이다.

하였다.

성종의 「이시렴 부디 갈따 …」

이시렴 부듸 갈따 아니 가든 못홀쏘냐
無端이 슬터냐 눕의 말을 드럿는야
그려도 하 애도래라 가는 쯧을 닐러라

—『해동가요』(일석본) 8, (주씨본) 8

성종(成宗, 1457년, 세조 3~1494, 성종 25)
　조선 제9대 왕으로 본관은 전주이며 이름은 혈이다. 세조의 손자
이며 예종의 뒤를 이어 열세 살의 어린 나이로 왕위에 올라 25년간
재위했다. 호학의 명군으로 많은 치적을 남겼다.

◆ 어휘풀이
무단히 : 까닭없이
슬터냐 : 싫더냐.
드럿는야 : 들었느냐.
그려도 : 그래도
애도래라 : 애닯구나.
닐러라 : 일러라, 말해다오.

호학의 군주, 성종

이시렴 부디 갈따 아니 가든 못할쏘냐
무단히 슬터냐 남의 말을 들었느냐
그려도 하 애도래라 가는 뜻을 일러라

성종은 조선 9대왕으로 세조의 큰아들인 덕종의 둘째 아들이다.
1469년 세조비 정희대비의 명으로 13세 나이로 즉위, 7년간의 대비 섭
정을 했다. 숙의 윤씨를 왕비로 삼았으나 투기가 심해 폐서인, 사사했
다. 이로 인해 뒷날 갑자사화의 원인을 제공했다. 서울 강남구 삼성동
에 선릉이 있다.

『동문선』, 『삼국사절요』, 『동국통감』, 『신증동국여지승람』, 『악학궤
범』, 『경국대전』, 『대전속록』 등 서적 편찬, 법령 반포로 조선 초기 제
도, 문물을 정비했다. 훈구와 사림의 고른 등용으로 왕권을 안정시키
기도 했다.

있으려무나. 부디 가겠느냐. 아니 가면 안 되느냐? 공연히 내가 싫더
냐. 아니면 남의 말을 들었더냐. 그래도 하도 애닯구나. 가는 뜻을 말하
려무나. 얼마나 안타까웠으면 이렇게 네 번씩이나 물어보았겠는가. 신
하에 대한 군주의 아쉬움이 이리도 극진했다.

성종이 사랑하는 신하 유호인(1445~1494, 세종 27년~성종 25년)을
보내면서 읊은 시조, 이별가이다. 군신 간이 이리도 애틋할 수 있을까.

창계서원
(전라북도 문화재 자료 제36호, 전북 장수군 장수면 선창리 566-1)
1695년(숙종 21)에 지방 유림의 공의로 황희 · 황수신 · 유호인 · 장응두
의 학문과 덕행을 추모하기 위해 창건, 위패를 모셨다.

만백성을 울리고도 남음이 있는 한 편의 드라마이다. 유호인은 장수의
청계서원, 함양의 남계서원, 장흥의 예양서원에 배향되었다.

1488년 그가 의성 현감으로 있을 때 백성은 돌보지 않고 시만 읊조리
다 하등급 고과표를 받은 적이 있었다. 뛰어난 재주에 비해 목민관으
로서 자질은 그리 높지 않았던 모양이다. 벼슬은 장령[77]에 머물렀으나
성종은 그를 유난히 총애했다. 군신 관계라기보다 인간적인 친교가 그
만큼 남달랐다.

유호인은 노모를 봉양하기 위해 외관직을 자청했다. 곁에 두고 싶어
만류했으나 듣지 않았다. 왕은 할 수 없이 그를 외직으로 보냈다. 그에

---

77) 고려와 조선시대에 감찰업무를 담당하던 관직.

게 합천 군수 교지를 내렸다.

　유호인이 고향 함양으로 떠나는 날 성종은 전별연을 베풀어 주었다. 임금이 이별주를 권하며 그 자리에서 이 시조를 읊었다. 거기에 있었던 많은 사람들이 감격하여 눈물을 흘렸다. 성종의 신하에 대한 사랑은 이처럼 곡진했다.

　성종은 그를 떠나보내면서 내관에게 명하여 뒤를 밟아보라고 했다.

　"과인이 그를 생각하여 잊지 못하고 있는데 그도 과인을 생각하고 있는지 알고 싶구나."

　내관이 그를 쫓았다. 유호인은 날이 저물어 역관에 들었다. 그는 역관 누각에 올라 성종이 계시는 북쪽을 오랫동안 바라보았다. 그리고는 벽에 시 한 수를 썼다.

　　이른 새벽 눈쌓인 고개에 오르니
　　봄의 정취 정말 애매하구나
　　북을 바라보니 임금과 신하가 떨어져 있고
　　남으로 오니 어머니와 자식이 만나게 되는구나
　　자욱한 안개에 길을 잃어
　　멀리 층계진 하늘보고 갈 길을 의지한다
　　편지 다시 쓰려고 하니
　　나의 시름결에 기러기는 북으로 날아가네
　　　　　　　　　　　　　　　　　　　－「조령에 올라」

　내관이 이 일을 성종에게 올렸다.

　"호인이 몸은 비록 밖에 있으나 마음만은 나를 잊지 않고 있었구나."

참으로 보기 드문 임금과 신하와의 도타운 우의였다.

성종은 훈구파의 전횡을 견제하고자 김종직 같은 많은 사림파의 인재들을 등용했다. 호학의 군주로서 유호인 같은 인재를 잡아두고 싶었던 것이다. 유호인은 합천 군수로 있다가 그 해 4월 병으로 죽었다.

유호인은 『동국여지승람』 편찬에 참여했고 시·문·필에 뛰어나 삼절로 불리웠다. 자는 극기 호는 뇌계이다. 청렴결백했으며 임금엔 충직했고 부모에겐 효심이 깊었다.

유호인이 세상을 떠나기 전 아들 환에게 말했다.

"절대로 임금을 속여서는 안 된다. 벼슬에 나아가거든 반드시 이 말을 명심하거라."

이렇게 그는 충직하고 정직한 신하였다.

임금이 신하를 위해 읊은 작품 또 하나가 있다. 노신이 벼슬을 마다하고 돌아갈 때 읊은 선조의 작품이다.

오면 가랴 하고 가면 아니 오네
오노라 가노라니 볼 날히 전혀 업네
오날도 가노라 하니 그를 슬허 하노라

군신유의. 참 오랜만에 생각해보는 낱말이다. 세상은 많이도 변했다. 군신유의는 케케묵은 말이 되어버렸다. 이 말이 새삼 이 시대에 비수처럼 박혀오는 것은 어인 일인가.

소춘풍의 「당우를 어제 본 듯 …」

唐虞를 어제 본 듯 漢唐宋 오늘 본 듯
通古今 達事理ᄒᄂᆞᆫ 明哲士를 엇더타고
저 설 씌 歷歷히 모르는 武夫를 어이 조츠리

— 『해동가요』(일석본) 135, 『악학습영』 558

소춘풍(笑春風, ?~?)
조선시대 영흥 기생으로 생몰 연대 미상이다.

◆ 어휘풀이
통고금 달사리 : 고금에 두루 통하고 사리에 통달함.
명철사 : 총명하고 사리에 밝은 선비
저 설 씌 : 제가 설 곳
조츠리 : 따르리

영흥 명기, 소춘풍

소춘풍은 생존 연대 미상이다. 영흥 명기로 이름을 떨쳤다. 『해동가요』에 시조 2수, 『청구영언』에 시조 1수가 전한다. 성종 때 서울로 뽑혀 올라온 선상기로 가무와 시가에 뛰어났다. 특히 풍자와 해학에 능하여 성종의 총애를 받았다. 차천로의 『오산설림초고』에 그의 시조 3수에 관한 일화가 전하고 있다.

하루는 성종이 여러 대신들과 함께 술자리를 베풀었다. 소춘풍에게 명하여 대신들에게 술을 따르게 했다. 그리고 새 노래를 지어 문사들을 칭찬하라 명했다.

"소춘풍아, 여러 대신들에게 일일이 권하면서 노래를 부르거라."

임금께는 감히 드리지 못하고 영의정 자리로 가 술잔을 올렸다. 그리고 임금의 성덕을 노래했다.

> 순 임금 계시건만
> 요 임금이 바로 내 님인가 하노라
>
>   – 상신에게 술 권하는 노래

이 때 무신 병조판서는 '상신에게 잔을 올린 뒤에는 마땅히 장신에게 잔을 올릴 것이니 이번에는 술잔이 내게로 오리라.' 생각했다. 그러나 소춘풍은 문관인 이조판서 앞으로 가 잔을 올리는 것이 아닌가.

당우를 어제본 듯 한당송 오늘 본 듯
통고금 달사리하는 명철사를 어떻다고
저 설 데 역력히 모르는 무부를 어이 좇으리

요순시대를 어제 본듯 한·당·송나라를 오늘 본듯, 고금을 두루 알고 사리에 밝은 명철한 선비가 어떻다고 자신의 처지를 모르는 무인을 어찌 좇으리.

'당우'는 덕으로 백성을 다스리던 요순시대, '한·당·송'은 경학이 융성하던 시대를 말한다. '통고금 당사리'는 고금의 일을 두루 알고 사리에 밝은 것을, '명철사'는 명석하고 사리에 밝은 선비를 말한다.

누가 보아도 무관을 무시한 희롱조의 노래이다. 병조판서는 노기가 등등했다. 눈치채지 못할 리 없는 소춘풍은 이제는 병판에게 다가가 술잔을 올렸다.

앞 말은 희롱이라 내 말을 허물마오
문신 무신 일체인 줄 나도 이미 알고 있사오니
두어라 용맹, 늠름한 무부 아니 좇고 어이하리

병판은 아직도 노기가 풀리지 않은 모양이었다. 술자리가 어색하게 돌아갔다. 성종은 자못 놀랐지만 결말이 어찌 되어가는지 지켜보고 있었다.

소춘풍은 병조판서를 보고 생긋 웃으며 다시 노래 한 가락을 멋들어지게 뽑아댔다.

제나라도 큰 나라요 초나라 또한 대국이라
조그만 등나라가 제나라와 초나라 사이에 끼었도다
두어라 둘 다 좋으니 제나라, 초나라도 섬기리라

절묘한 응답이었다. 등이라는 조그마한 나라가 대국인 제나라와 초
나라의 틈바구니에 끼어 있으니, 제나라인들 어찌 무시할 수 있으며,
초나라인들 어찌 무시할 수 있으랴. 모두 다 나의 낭군으로 알고 한결
같이 섬기겠다는 것이다.

이에 성종이 크게 기뻐하여 비단 · 명주 · 표범의 가죽 · 호초 등 많은
물건을 상으로 내렸다. 소춘풍이 혼자 힘으로 운반할 수 없어 입시했
던 장사들이 거들어서 날라다 주었다. 이 때부터 소춘풍의 이름이 온
나라에 알려졌다.

소춘풍이 한번은 기방에서 노대감을 모시게 되었다. 노대감이 들어
와도 바로 맞이하지 못하고 늦게 나와 맞았다. 노대감이 화가 나서 캐
물었다.

"어디 갔다 이렇게 늦었어?"
"기생의 애인이 어디 하나뿐인가요?"
호들갑을 떨면서 얼른 대감의 손을 끌어다 자기 젖가슴 사이에 사람 '人'
를 크게 써 보인다.
"아! 불구경하고 왔다구? 어디에 불이 났는데?"
젖가슴 사이에 사람 '人' 자를 쓰니 양쪽 유두와 어우러져 불 '火' 가 된다.
이번에는 영감의 손을 덥썩 끌어다가 자기의 그곳에 대었다.
"으음! 음택골에······? 뉘댁에서 불이 났어?"

그러자 소춘풍은 대감의 입에서 자기 입을 맞추었다.

"입이 겹쳤으니 여씨(呂氏)댁이군."

이제는 노대감도 어쩌지 못하고 입이 헤벌어졌다.[78]

이쯤되면 웃지 않고는 못 배길 것이다. 칭찬하면 좋아하고 꾸짖으면 싫어하는 것이 사람의 본성이다. 촌부야로, 계급고하를 막론하고 모든 인간을 일시동인하는 불성을 소춘풍은 타고난 것이다. 천상 명기일 수밖에 없다.

성종은 호학의 군주였으나 또한 보기드문 풍류객이기도 했다. 그래서 세인들은 성종을 이르러 주요순야걸주라는 말을 하기도 한다.

정비석은 『명기열전』 「영흥기 소춘풍」에서 '임금님과 기생'을 다음과 같이 묘사했다.

밖에서 소춘풍을 찾는 한 불청객이 있었다.

"이 밤중에 누구를 찾으십니까?"

"이 댁이 천하의 명기 소춘풍의 댁인가?"

"그러하옵니다만, 어디서 오신 누구이신지?"

"포의한사의 이름을 알아 무엇하겠느냐. 거문고 소리가 하도 아름다워 그대와 더불어 술 한 잔 나누고 싶어 두드렸으니 문이나 좀 열어주게나."

소춘풍은 너무나 창황하여 어전에 엎드리며 다급하게 말하였다.

"상감마마 어찌하여 이 누추한 곳까지……."

"소춘풍아! 네가 사람을 잘못 보아도 유만부동이지, 누가 대왕이란 말이냐. 나는 소춘풍이라는 명화를 찾아온 한 마리의 나비에 불과할 뿐이니라.

---

78) 심영구, 『조선기생이야기』(미래문화사, 2003), 221쪽.

임금이라면 대궐에서 너를 불렀지 어찌하여 여기까지 행차했겠느냐? 임
금이 아닌 지나는 한량의 자격으로 찾은 것이니 달리 생각지 말아라."

"주안상이나 가져오지 뭘 그리 당황해하느냐?"

"네……."

일국의 국왕과 일개 천기는 군주와 천기로서의 신분이 아닌 한 지아비
와 지어미의 신분으로 그들은 밤새는 줄 모르고 사랑을 불태웠다.

성종이 38세의 젊은 나이로 승하하자 소춘풍은 서울을 떠나 머리를
깎고 중이 되었다. 입산시 28세로 법명은 운심이었다. 성종의 은총을
입었다는 설도 있다.

풍류란 무엇이며 멋이란 무엇인가. 시조창 한 수도 부르지 못하는 우
리가 아닌가. 풍요로운 경제가 국격을 높여줄 수 있는 것은 아니다. 있
는 것도 지키지 못한다면 민족의 긍지와 자부심을 가지고 있다고 말할
수 있을 것인가.

자료

『고려왕조실록』
『금계필담』
『동문선』
『동인시화』
『신증동국여지승람』
『용재총화』
『조선왕조실록』

저서

김영곤,『왕비열전』, 고려출판사, 1976.

김용덕,『한국인물사 2』, 양우당, 1985.

김정주,『시조와 가사』, 조선대학교 출판부, 2002.

류연석,『시조와 가사의 해석』, 역락, 2006.

리태극 외,『한국시조큰 사전』, 을지출판공사, 1985

박성봉,「길재 야은의 전통 삼은론」,『길야은연구논총』, 서문문화사, 1996.

박영규,『고려왕조실록』, 웅진 지식하우스, 1996.

박을수,『한국시가문학사』, 아세아출판사, 1997.

_____,『시조시화』, 성문각, 1977.

_____,『한국시조대사전』, 아세아문화사, 1992.

신웅순,『문학과 사랑』, 문경출판사, 2005.

_____, 『시조예술론』, 박문사, 2011.

_____, 『한국시조창작원리론』, 푸른사상, 2009.

심영구, 『조선기생 이야기』, 미래문화사, 2003.

원천석, 『운곡시사』, 혜안, 2007.

이가원, 「이조명인열전」, 을유문화사, 1965.

이광식, 『우리옛시조여행』, 가람기획, 2004.

이근호, 『이야기 조선 왕조사』, 청아출판사, 2008.

이능우, 『조선해어화사』, 동문선 문예신서 29, 1992.

이병권, 『조선왕조사』, 평단, 2008.

이응백 감수 외, 『국어국문학자료사전』, 한국사전연구사, 2002.

이재인, 『원주학술총서 제7권, 원곡원천석연구』, 강원도 원주시, 2007.

정비석, 『명기열전』, 이우출판사, 1977.

정종대, 『옛시조와 시인』, 새문사, 2007.

진동혁, 『고시조문학론』, 형설출판사, 1997.

최범서, 『야사로 본 조선의 역사 1』, 가람기획, 2003.

포은학회 편, 『포은선생집』, 한국문화사, 2007.

하겸진 저, 기태완 · 진영미 역, 『동시화』, 아세아문화사, 1995.

허시명, 『역사를 추적하는 조선 문인기행』, 오늘의 책, 2002.

황충기, 『명기일화집』, 푸른사상, 2008.

ㄱ

한국문화총서 5

시조는 역사를 말한다

인쇄 · 2012년 3월 21일 | 발행 · 2012년 3월 27일

지은이 · 신웅순
펴낸이 · 한봉숙
펴낸곳 · 푸른사상
주간 · 맹문재 | 편집 · 김재호 | 마케팅 · 박강태

등록 · 1999년 7월 8일 제2-2876호
주소 · 서울시 중구 초동 42번지 아시아미디어타워 502호
대표전화 · 02) 2268-8706(7) | 팩시밀리 · 02) 2268-8708
이메일 · prun21c@hanmail.net / prun21c@yahoo.co.kr
홈페이지 · http://www.prun21c.com

ⓒ 신웅순, 2012

ISBN 978-89-5640-907-8 93800
값 15,000원